스님도 군대 가나요

스님도 놀다 가나요

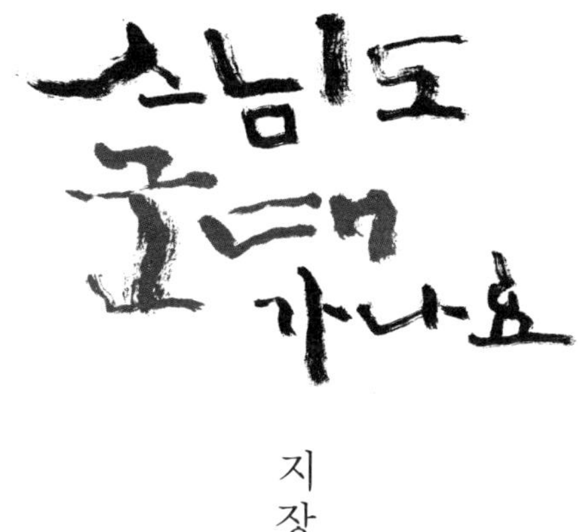

지
장

클리어마인드
CLEARMIND

글을 쓰면서

  거주하는 동네의 동사무소에서 누가 날 만나러 왔다고 해서 나가보았다. 군복을 입고 있었지만 어려보이는 한 청년이 종이 한 장을 들고 서서 내 얼굴을 보자마자 "○○○ 선배님 아니십니까?"라고 묻는다. "예 맞습니다."라고 말하자 예비군 훈련 통지서 가지고 왔다면서 서류를 들이밀고 서명해달라고 한다. 생각지도 않고 있다가 갑자기 예비군 훈련이라는 말을 듣고 나니 당황스럽기도 해서 얼른 서류를 받아 보았다. 2박 3일 동안 받는 훈련인데 서울에서 꽤 먼 곳에서 받아야 하는 훈련이었다. 일단 날짜를 먼저 확인해 보았다. 아뿔싸! 중요한 강의와 행사가 있는 날이었다. 몇 달 전부터 계획된 행사였기 때문에 무슨 일이 있어도 변경이 안 되는 행사였다. 그 날짜에 훈련 참가는 어려울 것 같다고 하니 그 젊은 친구는 나보고 예비군 훈련 연기 신청을 하라고 한다.

  다음날 동사무소 예비군 중대를 찾아가 다음 훈련일정을 찾아보았다. 2주 후에 훈련이 잡혀 있지만 역시 또 다른 강의와 행사 일정이 잡혀있다. 훈련을 연기하는 것도 일이지만 가장 이상적인 일정을 찾기가 불가능 하였다. 무조건 계속해서 훈련을 연기할 수 없는 노릇이고 해서 강의가 제일 적은 때를 선택했다. 이제 남은 것은 강의 일정 조정이다. 외국 행사에 참석한다고 강의를 뒤로 미루어 놓았기 때문에 재차 강의 일정을 바꾸는 것이 정말로 미안한 일이었다. 그러나 훈련을 안 가게 되면 고발 조치되고 비싼 벌금을 물어야 되기 때문에 어쩔 수 없는 일이었다. 며칠 동안 새로운 일정을 조정하느라 머리가 더 복잡해지고 쓰지 않아도 될 에너지를 사용한 것 같아 좀 억울한 마음이 들기 시작하였다.

전화 통화를 하면서 예비군 훈련관계로 불가피하게 일정을 바꾸게 되었다고 말하면 거의 대부분 사람들의 반응이 처음은 웃고 그 다음 물어보는 것이 스님이 무슨 예비군훈련을 받느냐는 것이다. "아! 스님은 사람 아닌가요?" 되물어 보지만 일반사람들의 눈에는 군복 입은 스님이 마냥 신기하고 이상하게 생각될 뿐이다. 하기야 일반 사람들은 스님이 예비군 훈련 받는 모습을 거의 볼 수 없기 때문에 당연한 질문인지도 모른다. 군대를 다녀왔기 때문에 당연히 예비군 훈련을 받는 것인데 많은 사람들은 스님은 군대도 가지 않는 것으로 알고 있다. 요즘 새로이 스님 되는 사람들이 줄어들고 있는데 만약 스님은 군대 가지 않아도 된다면 모든 절마다 스님들이 넘쳐나지 않을까 상상해 본다.

　어렵게 시간을 조절한 후 드디어 훈련이 시작되는 날이 되었다. 아침 일찍부터 훈련에 필요한 군복과 준비물들을 챙기고 빠진 것이 없나 훈련에 참가했던 다른 스님에게 전화해 확인해 보았다. 모르고 가는 것 보다는 뭐라도 알고 가는 것이 낫다 싶어 이것저것 물어보았다. 오랜만에 입어보는 군복이다. 빨아 놓은 지가 오래 되어서 쾌쾌한 냄새가 나지만 군복을 입는 순간부터 기억 속에 잊혀졌던 지난 순간순간들이 하나 둘씩 떠오르기 시작한다. 9년이라는 짧지 않은 군대 시절이 지금 이 옷 속에 층층이 그 사연을 담아 두고 있는 듯했다.

　훈련장에 도착해 접수가 끝나자 입소식을 시작으로 나름대로의 훈련이 시작되었다. 실제 군인들이 받는 훈련에 비한다면 장난에 불과하고 별로 하는 것이 없는 것 같지만 현재 우리들의 육체적 신체적 상태를 고려해 본다면 나름대로 고된 훈련이라고 생각되었다. 일단은 군부대 안에 갇혀 있다는 자체가 일종의 힘든 훈련이라는 생각이 든다. 첫날 밤 같이 잠을 자야 되는 사람들이 내무반 여기저기에 벌쭉하게 앉아 있다.

　누군가 나를 보고 궁금함을 참지 못해 먼저 말을 걸었다. "군대에서 제대한 지 얼마 안 되셨나 봐요. 머리가 아직도 짧으시네요." 내무반에 있던 다른 사람들의 공통적인 궁금함이었던지 모두들 나를 쳐다본다. 먼저 웃음이 나오려고 했는데 참고 친절히 설명의 말을 해주었다. "제가 제대한 지는 좀 되었지만 머리는 항상 짧은 상태입니다. 오늘은 특별히 예비군 훈련 때문에 좀 기르고 왔지요. 사실은 제가 스님이걸랑요." 별로 웃기는 상황이 아닌데도 다른 사람들은 이 말이 끝나자 웃기 시작한다. 말이 웃긴 것이 아니라 같이 예비군 훈련을 받는 사람들도 스님이 훈련을 받는다는 사실에 더 재미있어 하는 듯했다. 일반 사람들에게는 스님들도 군대 간다는 사실이 의외로 여겨지지만 군대 생활한 사람들도 스님들이 예비군 훈련을 받는다는 것을 모르고 있는 듯했다. 아마 별로 알 필요가 없는 문제이기 때문일 것이다.

다음 날 아침, 점호 시간에 옆에 있던 다른 분이 아침 인사를 건네며 농담 삼아 그런다. "스님도 코를 고나요?" 순간 약간 미안한 마음이 들었다. 피곤할 때면 좀 심하게 코를 고는데 아마도 밤새 내 코고는 소리에 다른 사람들이 잠을 설친 것 같다는 생각이 스쳤다. "저도 사람인데 코를 안 골겠습니까? 죄송합니다. 오늘 저녁은 제가 좀 늦게 잘께요." "아닙니다. 크게 신경 쓸 정도는 아닙니다. 저희들은 스님들은 잠도 안 자고 앉아서 수행하시는 줄 알고 있었거든요!" "저도 그렇게 살았으면 좋겠네요. 예전에 큰 스님들은 그렇게 했다고 하는데 저는 근기가 약해서 밤에는 꼭 자야 합니다. 다른 스님들도 마찬가지이구요. 머리 깎고 산에 산다고 하루 아침에 바로 도인이 되는 건 아니지요. 그리고 설사 도인이 된다 해도 밥 먹고 똥 누고 사는 건 다

글을 쓰면서

똑같습니다. 스님이라고 특별하게 보지는 말아 주세요. 저희는 지극히 평범하게 사는 법을 따를 뿐이지요."

어느덧 하루 일과가 끝나고 다시 밤이 찾아 왔다. 전날 보다 더 익숙한 자세로 청소와 각자 역할을 수행한다.

보통 일반 사람이 군인처럼 되려면 최소한 서너 달의 육체적 훈련과 정신적인 교육을 필요로 한다. 그러나 예비군은 좀 과장해서 말하면 단 3일이면 다시 예전의 상태로 돌아간다. 나 또한 이런 저런 기억들이 하나 둘씩 떠오르기 시작하면서 아쉬움이 남는 순간들 그리고 생각하고 싶지 않은 순간들과 다시 조우하게 되었고 그러면서 나의 세포들을 서서히 과거의 습관대로 몰아가고 있었다.

인간에게는 확실히 새로이 변화되어 가는 것보다 예전의 모습으로 돌아가는 것이 수월한 것 같다. 오래 수행을 했다 해도 순식간에 예전의 정신 상태로 돌아가는 모습을 주변에서 가끔 목격하기도 하는데, 나 자신도 이 점에서는 자유롭지 못하다. 그리고 그런 순간에는 실망감에 한동안 젖어 있기도 한다. 예전의 모습으로 쉽게 간다는 것은 상황에 따라 좋을 때도 있을 것이고 또 나쁠 때도 있을 것이다. 예전에 열심히 살았던 순간을 떠올리며 다시 그때의 마음 자세를 회복하려 노력한다면 좋은 것이고 나쁜 습관이나 중독에서 벗어나 더 유익하게 살고자 하는데 실패하여 다시 과거의 상태로 돌아간다면 나쁜 것이다.

보통은 좋은 습관보다는 나쁜 습관으로 더 빠르게 돌아간다. 아무튼 아름답고 마음을 따뜻하게 하는 진한 추억 속으로 들어가 그때의 심정으로 되돌아가고픈 열망을 품으며 예비군 스님의 훈련은 빡시게 진행된다.

예비군 훈련을 들어갈 때마다 주변의 많은 분들이 스님들의 군대 생활을 무척이나 궁금해 하였다. 가끔 강의 시간에 군대시절에 있었던 일을 이야기하면 박장대소 하곤하였는데 평범하면서도 특이한 스님들의 군대생활이 때론 훌륭한 강의의 소재가 될 수 있음을 깨닫게 되었다. 예비군 훈련을 계기로 예전의 좋은 순간들로 되돌아가려 애쓰다 보니 기억의 창고에 쌓여 있던 많은 소중한 순간들을 끄집어 낼 수 있었다. 그런 순간들을 정리하다 보니 어느덧 한 권의 책이 만들어지게 되었는데 글을 써가는 동안 나 자신이 다시 찾아야 되는 과거의 순간들을 알게 되었고 이러한 경험들은 나로 하여금 인생을 더 가치 있게 살도록 나 자신을 은은하게 훈련시켰다. 글을 쓰며 소망하기를 이 글을 읽는 모든 분들도 또한 각자 아름답고 소중한 추억들을 통해 마음이 맑아지고 밝아지는 훈련이 되었으면 하는 바람이다.

2008. 11

지 장

🌿 나는 비행스님입니다

 ## 생각이 머무는 자리

나는 비행스님입니다

마음이 열리면 같이 있다는 것이 행복하게 여겨진다. 그러나 마음이 닫혀버리면 같은 공간에 있다는 것이 우리를 불행하게 만든다. 상처받기 싫어서 혹은 살아남기 위해 우리는 점점 우리의 마음을 좁혀 나간다. 마음의 문이 작으면 작을수록 그만큼 행복의 빛이 들어오는 순간도 점점 작아질 것이다.

또 다른 출가를 기다리며

절 떠나와 버스타고 훈련소로 가던 날

큰 스님께 큰절하고 일주문을 나설 때

가슴 속에 무엇인가 아쉬움이 남지만

풀 한 포기 부처 얼굴 모든 것이 새롭다.

이제 다시 시작이다. 젊은 날의 생이여.

도반들아 군대가면 면회 꼭 와다오.

그대들과 함께 먹던 자장면 잊지 않게

버스시간 다가올 때 등떠밀던 야속함

경적소리 멀어지자 안 보이는 모습들

이제 다시 시작이다. 젊은 날의 고생이여.

짧게 자란 내 머리가 처음에는 어색하다.

거울 속에 비친 내 모습이 웃음진다. 마음까지
뒷동산에 올라서면 우리 절이 보일는지
나팔소리 서글프게 밤하늘에 퍼지면
훈련 중의 편지 한장 고이 접어 보내오.
이제 다시 시작이다. 젊은 날의 꿈이여.
입영 전날 김광석 씨의 '이등병의 편지'를 듣다가 나의 처지를 상
상해 본다.

"스님도 군대를 가나요?"

"스님은 사람 아닌가요?"

"보통 농담 삼아 그러잖아요, 저기 중하고 군인하고 사람 지나간다
고."

"우리도 밥 먹고 똥 누고 삽니다."

"왜 스님들이 군대를 가야하죠?"

"군에 안 가면 서로 스님 되려고 난리겠지요!"

"축하드려요. 군에 가서 더 편하게 지낼 수 있잖아요."

"우리도 사람이라니까요. 무슨 신선인 줄 알아요!"

"가서 머리 길어지걸랑 장가갈 생각 말아요!"

"나무 관세음보살, 고무신 거꾸로 신고 도망갈 처자도 없소이다."

"근데 스님한텐 누가 면회 가지요?"

"배나무골 김씨 할머니하고 뒷동네 최 보살님이 오시겠지요. 아마. 옥수수, 고구마 쪄서 오시면 안 되는데."

"기분이 어떠세요."

"보통 사람들은 군대 갈 때 머리를 깎잖아요. 근데 우리는 다시 길러야 하거든요. 자신의 의지와 상관없이 깎을 때와 기를 때 똑같이 충격이겠지요. 똑같이 깎는 거지만 원해서 깎을 때는 시원섭섭하고 원해서 머리를 기르면 기대감이 있습니다. 다시 제대할 무렵이면 상황이 반전될 거예요.

깎던 자가 기를 것이고 길렀던 자가 다시 깎겠지요. 각자 본래 상태로. 갑자기 산다는 게 원래 본래 상태로 찾아간다는 생각이 들어요. 군에 갔다 다시 돌아오듯 세상에 나왔다가 다시 어딘가 본래 자리로 가지 않을까요."

출가, 집을 떠나고 세속을 떠난다는 말이다. 출가라는 말에 이어지는 말은 입산이다. 세속을 떠나 들어가는 곳. 신선의 삶이 기다리는 것이 아니라 또 다른 고행의 길이 나타난다.

입대, 집을 떠나 군대에 들어간다는 말이다. 집을 떠나 고행의 길을 간다는 데서 입산과 동질감을 느끼게 한다. 시절 인연이 만들어 준 나름대로의 출가 생활이다.

입산은 원해서 가는 길이며 고행이 지속되어도 그 누구를 원망하지 않는다. 고행의 대가를 지불하고 자신에 대한 이해를 얻는다. 입대

나는 비행스님입니다

는 원하지 않았지만 갈 수밖에 없고 힘들수록 원망의 마음이 커진다. 고행의 대가는 나라가 유지되는데 한몫하는 것이다. 둘 다 궁극적으로 자신과 타인의 행복에 이바지하는 것이 목표다. 단지 형태와 방법이 다를 뿐이다.

이제 다른 방식의 출가 생활이 시작된다. 이미 한 번 경험했기 때문에 마음의 준비는 남다르다. 입산출가는 나를 알아가는 길을 배우게 했고 입대출가는 세상을 알고 더불어 살아가는 길을 배우게 할 것이다.

군대 가는 날

드디어 군대를 가야 할 때가 되었다. 한편으로는 빨리 가버렸으면 하고 기다리기도 했으며 또 한편으로는 영원히 오지 않았으면 하는 마음으로 잊고 살았다. 이미 군종장교로 가야 한다는 것이 결정된 일이었지만 마음속에 커다란 담처럼 나의 미래를 보이지 않게 만들었다. 어쨌든 대한민국의 남자로서 미래를 계획한다면 어떤 식으로든지 군문제가 해결되지 않으면 안 되기 때문이다.

정해진 날이 되어 육군 삼사관학교에 모여들었다. 부대 앞에서 도반스님들을 만나 자유스런 식사를 마음껏 즐기고 부대 문을 들어섰다. 열여덟 명의 스님들이 분위기 안 맞게 표지판을 따라 간다. 신병들처럼 좀 어눌한 모습은 아니지만 무언가 자신만만하지 못한, 색다른 문화에 적응하지 못한 기색이다. 집합장소에 다다르니 모든 눈길이 우리를 향한다. 까까머리 때중들이다.

이미 군에 다녀와서 예비군까지 마쳤지만 다시 군에 불려온 신부님들, 만사가 귀찮은 듯 서울역 앞 노숙자들처럼 길가에 앉아서 연신 담배만 피운다. 12주간의 군사교육, 군에 안 갔다 온 사람들에게도 생각만 하면 마음을 무겁게 하는 일이지만 갔다 온 사람들에게는 더욱 미칠 노릇일 것이다.

연병장 또 한 쪽에 한 무리의 양복정장을 한 산뜻한 신사들이 계신다. 목사님들이다. 무언가 의욕적이고 긴장의 모습을 한 채 책을 읽고 계시거나 우두커니 우리를 쳐다보고 있다. 우리가 저 중들하고 같이 살아야 하나 의구심을 가진 눈빛들이다.

이렇게 훈련도반들의 첫 만남이 시작되었다. 너무나 낯설고 어색한 첫 만남. 그러나 다음 날부터 모두 하나의 마음을 가진다. 어서 빨리 훈련 마치고 무사히 자대로 가기를. 최연소자가 스물여섯, 최연장자는 서른여덟, 세계 최고령의 신병훈련부대다.

부대의 기간병들이 집합해서 줄을 서라고 고래고래 소리친다. 개기는 것도 오늘이 마지막이라는 것을 알기 때문에 마음껏 개기고 기간병들을 놀려준다. 짓궂게 놀려놓고는 일요일 성스러운 모습을 하고 있는 우리들을 보고 기간병들도 놀랜다.

이제부터 시간이 더디 간다는 사실을 깨닫는다. 순간순간을 너무나 잘 느끼고 있어서 그런가 보다. 나를 잊고 있으면 생체시계가 빨리 가고 나를 너무나 잘 의식하고 있으면 생체시계가 느리게 간다고 한다. 안타깝게도 우리는 평소 고통스러울 때 우리 자신을 더 잘 느끼며 산다.

첫날 밤, 갈아입을 군복을 지급 받았다. 초봄이라 초록색의 내복도 포함되어 있었다. 다들 내복 포장박스에 즐거워한다. 앞뒷면에 아무 글씨도 없고 흰색이라 그림그리기 좋다고 한다. 여러 명이 모여 머리를 맞대고 화투장의 문양을 기억해 낸다. 또 한쪽은 트럼프 카드를 그리려 했는데, 아뿔싸 종이가 모자란다.

건너편 내무실이 신부님들 방이었는데 우리 그림보다 더 정교하다. 미대 출신이 있었나 보다.

점호가 시작되면 한 명은 문 앞에 서서 보고할 준비를 한다. 이때 나머지 훈련생들은 중앙의 테이블 주위에 서서 점검을 받는다. 그러나 막간의 시간을 이용해 문 앞에 서 있는 사람은 망을 보고 나머지 사람들은 테이블에 앉아 게임을 즐긴다. 망보는 게 신통치 않다고 가끔 건너 편 신부님이 대신 망을 봐주기도 한다. 군 생활을 두 번째 해서 그런지 우리보다 뭔가 능숙하시다.

꼬리가 길면 잡히는 법, 건너편 망보시던 신부님이 너무 여유를 부리셨다. 본인의 임무를 망각하시고 게임에 참가하셨다가 전부다 낭패를 보았다. 그날 밤, 침울한 밤이었다. 다음 날, 종교행사 때 우리들로부터 좋은 말씀(?)을 들었던 분에게 우리가 하루 종일 좋은 말씀을 들었다.

이때 깨달았다. 사람의 가치는 그가 지닌 신분에 의해 결정된다는 것을. 남들이 우리를 보고 존경을 표하는 것은 나 자신이 잘나서가 아니라 내가 어떤 신분이기 때문이라는 것을. 우리 또한 다른 사람을 대할 때, 그가 어떤 지위와 영향력을 지녔는지, 나에게 무슨 도움이 될 수 있는 지를 무척 고려하고 있다는 것을.

군에 오기 전 다들 존경 받는 성직자와 수행자들이었다. 그러나 역시 부족한 초코파이와 콜라 앞에서 서운함을 느낄 때, 우리 본래의 상태를 새삼 발견하게 된다.

목욕 시간. 모두들 옷을 홀딱 벗고 뜨끈한 탕 속에 몸을 담그면 나이와 종교, 신분을 잊은 채 초등학교 학생들의 마음으로 돌아간다. 이 순간 느끼는 느낌은 모두 하나이다. 본래 진흙처럼 하나였건만 공부를 하고 나이를 먹고 세상을 더 오래 살아갈수록 모래알이 되어 제각각 살아나간다. 심지어는 극이 다른 자석이 되어 서로를 멀리하는 상태에 까지 다다른다.

살아남기 위해서다. 참으로 존재는 부드러움 속에 잔인함을 지니고 있다. 그 잔인함의 칼날이 서서히 날이 서고 서로를 해치는 상황에 이르면 불행하다고 한다. 칼날은 없앨 수 없다. 그러나 조심할 수는 있다. 자신의 날카로운 칼날을 제대로 보고 안다면 더 이상 자신과 남에게 상처를 주지 않고 살아갈 것이다.

나는 비행스님입니다

훈련소에서

부대 입소 후 제일 먼저 받는 교육이 제식훈련이다. 마치 고등학교 교련시간을 연상시킨다. '앞으로 가, 뒤로 가, 옆으로 가' 유치원학생들처럼 '하나, 둘, 셋, 넷'을 외친다. 하루 종일 연습했는데 발이 안 맞는다. 발이 맞으면 이번에는 꼭 반대로 도는 사람이 생긴다. 남들 다 왼쪽으로 돌 때 혼자만 오른쪽으로 돈다. 나이도 많아졌고 사람이 많다 보니 생길 수 있는 일이다. 해가 지고 저녁시간이 가까워지면 모두 초조해 한다. 제발 입과 손발이 맞아줘야 할 텐데.

그때부터 틀리는 사람은 음료수 사오기 벌칙을 정했다. 모두들 정신 똑바로 차렸다. 드디어 한 사람도 틀리지 않고 좌향좌, 우향우, 앞으로 가, 뒤로 가 등의 어려운 과목을 완수하였다. 모두들 감격하여

환호성과 박수를 치고 좋아하였다. 서로 개성이 강한 특이한 사람들이 모여 이렇게 조금씩 맞춰나가기 시작하였다.

제식훈련이 끝나고 기본체력 검정이다. 체력 상태는 당사자가 아닌 전적으로 측정자에게 달려있었다. 실제 횟수보다 얼마나 더 많이 세어 주느냐에 달려있기 때문이다. 입담 좋은 목사님이 감독관의 주의를 끌고 나머지 사람들은 제각각 열심히 숫자를 뻥튀기 한다. 제일 짜증나 했던 것은 오래달리기다. 고통을 분담하기 위해 서로 줄을 맞춰 함께 구령에 맞춰 뛰었다. 전원 도착 시간이 똑같다.

다음으로 태권도 훈련이다. 장교로 임용되기 위해서는 꼭 태권도 유단자가 되어야 한다. 군에 다녀온 신부님들이 자기들 군 생활 할 때는 전투화 신으면 1단으로 인정해주고 출발했다고 우기셨다. 시간이 가도 훈련의 진척이 보이지 않자 지친 조교는 배꼽 위로 다리만 올라가면 1단을 주기로 양보했다. 자동으로 훈련생 전원이 공인 태권도 1단이 되었다. 비공인 2단이다. 전투화를 신었기 때문에.

역시 군대도 때론 협상과 타협이 필요하다. 훈련이 끝나고 태권도 자격증이 주어졌다. 누군가 물었다. "이거 제대하고도 써먹을 수 있나요?" 교관이 말했다. "훈련이 끝남과 동시에 무효가 되고, 아마 그런 것을 받았다는 기억도 사라질 겁니다."

아침에 기상하고 점호를 한다. 내무반 앞 작은 연병장에 모여 체조를 하고 부대 주위를 구보한다. 다른 훈련생들은 전부 상의를 벗고

맨살을 드러낸 채 구보를 하지만 군종 교육생들은 다 내복바람이다. 구보를 하다 다른 교육생들과 마주치면 서로 혀를 찬다. 한쪽에선 '군기가 저 모양이니…….' 생각하고 또 한쪽에선 '젊은 게 좋은 거여…….' 시간이 지날수록 구보 거리가 짧아졌다. 계획상에는 늘어나야 정상이지만 더 가까운 지름길을 찾아내어 거리와 시간이 절약되었다.

처음 며칠 동안은 밥맛이 좋았다. 몸도 피곤하고 새로운 음식들을 접하다 보니 군대 짬밥이 이렇게 좋을 수 있냐고 감탄했다. 그러나 분명 메뉴와 음식은 바뀌지 않았지만 우리들의 입맛에 심각한 변화가 왔다. 점점 짬밥에 대한 기대감이 작아지고 생존을 위한 최소한의 양만 꾸역꾸역 먹게 되었다. 특히 전투식량이나 햄버거가 나오는 날이면 다들 단식 수행을 결심한다.

훈련기간 동안 내내 오후불식을 감행했다. 부대에서는 식사도 일종의 훈련이기 때문에 먹기 싫어도 먹어야 한다고 때마다 잔소리다. 매번 해명하는 것도 지쳐 어느 때 부턴가 돌아가면서 다른 사람들이 해명해 준다. 저 스님이 왜 저녁을 안 먹는지. 덕분에 훈련이 끝날 즈음 젓가락 몸매를 되찾을 수 있었다.

일본의 어느 역술인이 말했던가? 팔자는 안 바뀐다. 그러나 정히 팔자에 변화를 주고 싶다면 말을 적게 하고 밥을 적게 먹어야 한다고 했다. 말을 많이 하면 결국 필요 없는 말을 많이 하게 되고 구업 짓는 일만 생길 뿐이다. 불필요한 말을 들어주는 사람의 소중한 시간과 에너지를 소모시키고 남의 험담까지 하게 되면 인간관계가 좋을 리 만무하다.

밥을 적게 먹어야 하는 이유는 사람의 식복이 정해져 있기 때문이라 한다. 일생 동안 먹어야 할 양이 정해져 있는데 그 양을 다 안 먹게 되면 그 복이 없어지지 않고 다른 복으로 전환된다는 것이다. 실질적으로 저녁을 가볍게 혹은 건너뛰면 음식 값 절약은 물론 다이어트 한다고 소비하는 비용까지 줄일 수 있다. 게다가 너무 많이 먹어서 생기는 병을 피해갈 수 있어 긴 수명과 건강까지도 지킬 수 있다.

혼자 사는 사람들은 에너지가 넘쳐나면 좋지 않다. 훈련기간 동안 신부님들에게 여쭤보았다. 혼자 살면 힘들지 않으시냐고. 신부님들 왈 "모르겠어요. 매일 떡이 되도록 술 먹고 쓰러져 자니까." 우스갯소리로 한 이야기지만 바쁜 사목활동에 혼자 있는 시간이 그리 많지 않으실 것이다.

스님들은 수행 중에 혼자 있는 시간이 많다. 그래서 내면의 욕구와 감정에 더 노출되어 있고 그 만큼 번민의 강도도 더 심하다. 저녁을 안 먹고 열심히 공부하면 항상 에너지가 부족하게 여겨진다. 당연히 힘들고 지치면 딴 생각이 덜 일어난다.

세월이 흘러가면서 과학 문명이 급속도로 발전하고 있다. 그러나 여전히 지구 여기저기에서는 아직도 굶어 지내는 사람들이 있다. 분명 생산되는 전체 음식의 양은 부족하지 않다. 음식의 양을 조절한다는 것 또한 대단한 극기를 요한다. 내가 음식을 먹는 것이 아니라 내 몸의 느낌과 습관이 음식을 찾기 때문이다.

정신 차리고 깨어있으면 누가 음식을 먹고자 하는지 범인을 이해할 수 있다. 엄한 놈이 자꾸 필요 없는 음식을 탐내어 나의 소중한 재산과 건강, 시간을 축내고 있다. 내 몸의 느낌과 감정을 지켜보면 이것들이 상황에 의해 혹은 스스로 내 의지와 무관하게 발생한다. 무아無我이기 때문이다. 내가 아닌 것에 의해 홀리고 사는 것을 전도몽상顚倒夢想이라 한다. 그 상태를 바르게 깨달아 알고 있는 것을 지혜라고 한다.

밥 먹는 순간만이라도 무엇이 밥을 먹는가 잘 지켜볼 수 있다면 본래 주인이 없고 스스로 법칙 따라 인연 따라 존재를 이어가고 있다는 엄청난 사실을 깨달을 수 있다. 한 가지 사실을 안 것이지만 실로 인생에 엄청난 충격이 될 수 있다.

달마가 총을 든 까닭은?

군종장교는 제네바 협약에 따라 전시와 평시 무기를 휴대할 수 없다. 그러나 기본 군사훈련을 받을 때는 체험교육의 일환으로 총과 같은 무기 사용을 체험한다. 요즘은 일반 학생들도 방학 때 훈련 캠프에 입소하여 사격을 체험하기도 한다.

훈련을 훈련이라 생각하면 지옥이다. 그러나 매 순간 생각을 바꾸면 게임이 될 수 있다. 사격 훈련 시 당연히 내기가 따른다. 제일 맛있는 베지밀 내기다. 운칠기삼運七技三이라는 말이 있는데 이곳에서 실감한다. 총을 처음 다루다 보니 영점 조절이 잘 되어 있는 총을 만나면 과녁 근처에 가고 그렇지 않으면 과녁 종이가 항상 새 것이다. 어떤 경우는 자신이 쏜 총알 보다 더 많은 구멍이 나 있다. 시너지 효과를 바랬던 것인가. 아무튼 제일 가운데 들어가 있는 총알이 자기

나는 비행스님입니다

것이라고 끝까지 우긴다.

소총사격이 끝나고 유탄발사기 사격이 있었다. 교관님이 만약 직경 10미터 원 안에 들어가면 자신이 직접 차로 내무반까지 모셔다 준다고 약속했다. 겉보기에 장난감 같은 것이 과녁에 맞는 것도 장난처럼 보였다. 결과는 아무도 원 안에 들어가지 못했다. 한 번만 더 기회를 준다면 꼭 맞춘다고 큰 소리쳤지만 더 이상의 기회는 없다고 한다.

야간사격이다. 달빛도 별빛도 없는 칠흑 같은 어둠이다. 눈을 크게 뜨고 눈동자를 약간 멍청하게 하고 있으면 과녁이 허연 귀신처럼 보인다고 하였다. 눈만 아프다. 가운데 한 방 쏘고 대략 직감으로 상, 하, 좌, 우에 한 빵씩 날려본다. 과녁이 맞고 안 맞는 것은 하늘에 맡긴다. 한 발 맞았다. 우수한 성적에 해당하는 결과였다. 한 발 더 맞았으면 탑건이 될 수 있었는데.

행군시간이다. 모두들 휴대할 짐의 무게를 줄이느라 연구 중이다. 군에 한 번 다녀온 신부님들에게 조언을 청한다. 총의 내부 부속은 뺄 수 있으면 최대한 빼서 잘 숨겨둔다. 방독면 속에는 저녁 부식으로 나왔던 빵을 모아 채워두었다. 빈 박스, 농구공, 축구공, 빈 페트병 등 활용할 수 있는 모든 도구를 써서 군장을 보기 좋게 꾸며 놓는다. 군장을 들고 멜 때 신음소리와 함께 표정 연기를 잘해야 한다. 만약 군장검사를 받게 된다면 전원 쓰레기 분리수거장으로 향했을 것이다. 먼저 경험 많은 신부님의 시범이 있었고 모두를 무척 힘든 척 따라한다. 웃음을 참아야 한다. 제일 어려운 난관이었다. 믿는 도끼에 발등 찍힌다고 설마 성직자들이…….

교관님의 깊은 신앙심이 우리를 구원했다.

물집 방지를 위해 양말바닥에는 비누로 칠갑을 하고 비닐주머니를 덧씌웠다. 각자의 학설이 다 달랐다. 누구의 말을 따라야 할지 망설여졌지만, 제일 목소리 큰 사람의 의견을 따랐다. 역시 혼란의 시기에는 큰 목소리에 판단이 결정된다.

정처 없이 걷는다. 목적지는 출발지이다. 걷기 명상이라 다짐하지만 시간이 갈수록 정신적, 신체적 고통이 엄습해 온다. 불현듯 반주삼매기도가 생각난다.

94년 겨울인가 보다. 실상사에서 겨울을 날 때 한 스님이 반주삼매기도를 같이 하자고 권유하여 죽다 살아난 적이 있다.

반주삼매기도는 최소 칠일에서 백일 동안 잠도 자지 않고 24시간 동안 걸으면서 '나무아미타불'을 염불하는 것이다. 식사는 하루 한 끼, 주먹 크기만큼의 밥만 먹어야 하며 밥 먹을 때와 화장실 갈 때를 제외하곤 바닥에 앉을 수 없다. 7일 동안 작정을 하고 기도를 시작했는데 같이 시작한 스님이 시작도 하기 전에 포기해 버렸다. 할 수 없이 혼자 일주일을 버텼다. 기도 다음 날부터 추위와 졸음, 배고픔의 고통이 극심하였고 더 힘들었던 것은 발바닥의 물집이 터져 계속 피가 나왔다. 발이 시려 세 켤레의 양말을 신었지만 소용 없었다.

왜 내가 이 기도를 시작했을까 너무나 후회가 막심했었다. 그래도 옛날 사람들이 이렇게 기도하다가 무언가를 성취했다고 하니 죽기 살기로 끝까지 버텨보자는 의욕으로 극심한 고통들을 이겨 나갔다. 밤에는 추위와 졸음이 더 나를 괴롭혔다. 걷다가 졸아서 바닥에 머리를 찧은 적이 한두 번이 아니었다. 심지어는 얼어 죽어도 여한이 없으니 그냥 바닥에 쓰러져 자고 싶었다.

끝나지 않을 것 같았는데 드디어 회향의 시간이 왔다. 그때 주위 스님들에게 들었던 말이 기억난다. '지독한 놈' 너무나 정신이 없었다. 그저 따뜻한 곳에 가서 자고 싶은 생각밖에. 나중에 걸었던 거리를 계산해 보니 대충 서울과 부산의 거리이다. 기도 후 얻은 게 있다면 하나, 의지만 있다면 어떤 환경에서든지 살 수 있다는 것이었다.

지루함을 달래기 위해 한 사람씩 돌아가며 뽕짝을 선창한다. 그러면 가사를 아는 나머지 사람들도 따라 부른다. 박수까지 쳐가며 뽕짝 군가를 부르니 한결 발걸음이 가벼워졌다. 말리던 훈육관과 조교들도 지쳐서 같이 따라한다. 한 스님이 조교의 노래를 청한다. 얼굴이 빨개진 조교는 고개만 숙인다. 곧이어 이런 노래가 이어진다. "노래를 못하면 장가를……." 길가에 산딸기도 따먹고 젊은 아가씨가 지나가면 휘파람을 불며 모자를 흔들어 본다.

지쳐서 아무 생각 없이 계곡 사이의 길을 걷고 있었다. 갑자기 계곡 양쪽에 매복해 있던 조교들이 최루탄과 연막탄을 사방에 터트렸다. 가상 폭격을 대신해 하는 훈련으로 길옆으로 피해 경계태세를 취해야만 한다. 그러나 방독면 커버를 여는 순간 우수수 여기저기 빵들이 떨어진다. 전부 대열을 이탈하여 일단 살고 본다. '경계태세'를 외치는 조교들의 소리가 왠지 공허하게 들린다.

이래서 어찌 나라를 지키겠냐고 열 받은 훈육관의 질타가 이어진다. 누군가 독수리 오형제가 있기에 괜찮다고 했다가 분위기를 더 썰렁하게 만들었다.

행군을 거의 다 마치고 부대로 복귀한다. 출발할 때의 기상과 씩씩함은 온데간데없고 바르다 만 위장크림 때문에 패잔병의 진짜 모습을 보는 듯하다. 군장 무게가 무거워 걷다가 하나씩 알맹이를 빼버려서 군장의 모양이 어느새 괴나리봇짐이 되어 있다. 그래도 낙오자 없이 행군을 끝냈다고 친히 지휘관님께서 마중을 나와 격려를 해주셨다.

힘들었지만 같이 고생하는 도반들이 있어 서로 큰 의지가 되었다. 고생을 같이 하고 있어서 그런지 종파간의 구별 없이 서로 진솔한 대화를 나눌 수 있는 귀중한 시간이었다. 서로 모르던 사실에 대해 무척 많은 공부를 할 수 있었다. 아마 이런 기회가 아니었다면 이렇게 종교인들이 오랫동안 깊은 대화를 나누기란 불가능할 것이다.

마음이 열리면 같이 있다는 것이 행복하게 여겨진다. 그러나 마음이 닫혀 버리면 같은 공간에 있다는 것이 우리를 불행하게 만든다. 삶의 방식과 지향점이 다르면 서로 자신의 마음을 굳게 닫아버린다. 상처받기 싫어서, 혹은 살아남기 위해 우리는 점점 우리의 마음을 좁혀나간다. 마음의 문이 작으면 작을수록 그만큼 행복의 빛이 들어오는 순간도 점점 작아질 것이다.

내 마음의 나침반

삼사관학교에서 기본 군사훈련도 어느덧 중반에 다다랐다. 날씨도 점점 더워지고 우리들 스스로도 의식하지 못한 채 점점 군인이 되어가고 있었다. 최대한 게으름을 피워가며 훈련을 받았는데도 신체적인 변화가 뚜렷하다. 역시 인간은 환경의 동물인가 보다.

점점 쓰는 말에도 군사용어가 자연스럽게 섞여 나온다. 배우는 과목도 군사와 관련한 것은 다 있어 골고루 다 경험을 해본다. 지뢰를 매설하고 폭파하거나 크래머 같은 무기를 시험할 때는 정말 끔찍함에 소름이 끼칠 지경이다. 힘든 훈련도 있고 재미난 훈련도 있었지만 제일 기억에 남는 것이 있다면 독도법 훈련이다.

지도와 나침반, 각도기 같은 것을 나눠주고 주어진 좌표를 찾아가면 하얀 말뚝을 만나게 된다. 그 말뚝의 번호를 적어오는 것인데 말뚝 수가 수백 개고 각자 좌표가 다 다르다. 다섯 개의 말뚝을 찾아오는 것이었으며 출발한 곳으로부터 대략 1.5킬로미터 떨어진 곳에 있어 전혀 예측이 되지 않는다. 그저 지도와 나침반에 의지할 뿐이다.

산을 두어 개 넘으니까 지도와 유사한 지형을 만날 수 있었다. 어서 빨리 다섯 개 말뚝을 다 찾고 좀 쉬어야겠다는 생각에 빠른 걸음으로 다시 가파른 산을 올랐다. 주변에 다른 사람들도 열심히 자신의 좌표를 찾아간다. 좌표 찾는 방법을 빨리 이해하고 대략적인 목적지를 찾아 서두르는 사람도 있고 그렇게 반복해서 강의했는데도 아직 이해가 부족해 따라다니면서 어떻게 하는 거냐고 물어보며 가는 사람도 있다. 또 방법을 잘못 이해해서 엉뚱한 방향으로 찾아가는 사람도 있었다.

신기하게도 계산을 하고 어떤 지점을 찾아가니 작은 말뚝이 꽂혀 있었다. 옆면에는 적어가야 할 말뚝 번호가 적혀있다. 뿌듯하다. 그 넓은 지역에서 좌표만으로 이 작은 말뚝을 찾았다는 것이 마치 사막에서 보물을 발견한 듯했다. 이제 서둘러 나머지 네 개의 말뚝을 찾아야 한다.

다시 올랐던 산을 내려와 옆 산으로 향한다. 그런데 중간에 작은 계곡 같은 것이 있었는데 신부님들이 전부 그곳에서 주무시고 계신다.

"아니 말뚝 안 찾고 여기서 뭣들 합니까? 시간도 충분하지 않은데."

“지장 스님이나 열심히 찾아보슈. 우리는 벌써 다 찾았으니까.”

“아니 내가 보기엔 아까부터 여기서 자고 있었는데 언제 찾아요. 혹시 대충 번호 적어가서 내려고 하죠.”

“우린 진짜 다 찾았다니까요. 번호도 정확해요.”

“거참, 귀신이 곡할 노릇이네. 분명 내가 보기엔 말뚝 찾아다니시는 신부님들 못 봤는데.”

서로 웃기만 할 뿐 아무도 시원하게 대답해 주지 않는다.

“거참, 얘기 좀 해줘봐요, 어떻게 했는지. 방법 일러주면 초코파이 사줄께요.”

한 신부님이 짓궂게 웃으며 사실을 털어놓는다.

“요 계곡 위로 올라가면 한 할머니가 있어요. 그 할머니 거기서 훈련생들 상대로 몰래 음료수나 술 같은 거 팔고 계신데, 음료수 한 개 살 때마다 말뚝 번호 알려줍니다. 하도 오랫동안 장사를 하시다보니 좌표를 다 외우고 계세요. 고생하지 말고 한 번 찾아가 봐요. 우리는 이미 소주하고 말뚝번호하고 바꿨으니까.”

아뿔싸, 정보가 한 발 빠른 신부님들은 이미 이 사실을 알고 계셨다. 구하기 힘든 술도 보급 받고, 게다가 늘어지게 한잠 주무신다. 역시 정보가 밝아야 손발이 편하다는 말을 실감한다.

좌표 찾는 게 꽤 재미가 있어서 굳이 할머니를 찾아갈 필요가 없었다. 한개 한 개의 말뚝을 발견할 때마다 환희심이 솟고 피로가 가셨

나는 비행스님입니다

다. 이 방법을 잘 알아두면 나중에 등산할 때나 여행할 때 많은 도움이 될 것 같아 가벼운 발걸음으로 말뚝을 찾아 나섰다.

목적지가 있고 그 목적지에 가까워진다는 기쁨에 힘든 것을 견딜 수 있었다. 세상살이도 마찬가진가 보다. 확실한 목적을 가진 사람들은 고통과 시련을 즐긴다. 그런 힘든 시기에 있으면서도 무언가를 경험하고 새로운 사실을 깨달아간다고 긍정적으로 자신을 위안한다.

명상원을 개원했을 때, 많은 분들의 만류가 있었다. 아직 때가 안되었고 충분히 준비가 되면 시작하라고 했다. 그러나 준비는 살아가면서 해나가는 것이라 생각했다. 좋은 위치를 고집하다 보니 집세를 무척 비싼 곳을 골랐다. 아마 몇 달 만에 문을 닫을 거라고 다들 안쓰러워 하셨다.

현실은 생각보다 더 냉혹하고 예측이 어렵다. 지금도 마찬가지지만. 사회 경험과 충분한 사전 준비가 되어있지 않은 상황에서 실패는 뻔한 것이었다. 없는 시간을 내어 방도를 찾아보고 더욱 처절하게 수행에 임한다. 남들 눈에는 그냥 빈둥빈둥거리는 것으로 보여도 내적으로는 온 힘을 다해 나 자신을 파고 들어간다.

사람은 간사한 면이 있어 절박해야 더 진지하게 기도하거나 수행한다. 평상시에는 아무리 중요성과 필요성을 깊이 새겨도 절박하지 않으면 깊이 몰입되지 못한다. 괜히 이 핑계 저 핑계를 댈 뿐이다.

한 달, 한 달 매 순간 절박함을 느끼며 버텨나갔다. 다 접고 포기하고 싶었다. 그러나 꼭 해야 할 목적이 있기에 포기할 수 없었다. 어느덧 반년이 지났고 또 시간이 흘러 일년이 지났다. 도반스님들이 찾아와 격려를 아끼지 않는다. 딴 데로 이사가지 말고 이곳에서 더 버티라고 한다.

쪼이는 상황에서 더 분발이 되고 처지지 않는다고 한다. 절박함을 일부러 불러와야 긴장이 늦춰지지 않는다. 긴장이 풀어지는 순간부터 퇴보의 시작이다. 맞는 말이다. 좀더 부담 없는 곳이었다면 덜 치열하게 살았을 것이다. 여기저기의 강의 요청이나 원고 요청에 다 응하면서 그 준비를 하면서 생각이 정리되고 또 다른 돌파구를 찾을 수 있었다. 매일 하는 명상이라도 지금 이 명상에서 반드시 힘과 지혜를 꼭 키우겠다고 온 몸과 마음으로 수행하고 있다. 상황이 나를 다그치는 훌륭한 스승이 된 것이다.

정해진 목적지는 있어도 아직 출발단계이다. 그러나 커다란 바위를 조금씩 움직여 앞으로 밀고 나가듯 눈에 띄는 진전이 없을지라도 강력한 목적을 잊지 않는다면 결국 노력한 만큼은 꼭 얻고야 만다.

마음으로 하는 훈련

이제 훈련도 막바지에 접어들었다. 목사, 신부, 스님의 신분으로 부대 문을 들어왔지만 지금은 단지 '몇 번 후보생'일 뿐이다. 번호로 나 자신이 불린다는 것이 불필요한 껍질을 벗어버리게 만들었지만 또 다른 옷을 갈아입었다는 생각이 든다. 이제 우리 자신도 모르게 군생활에 중독이 되어 있었다. 사람은 처한 환경에 많은 영향을 받게 되는데 역시 군인의 입장에서 먼저 생각하게 된다.

훈련 중간 중간에 쉬는 시간이 있다. 옹기종기 모여앉아 저마다 이야기보따리를 풀어 놓는다. 제일 빈도가 높은 화제는 '어쩌다가 출가했는가?'와 '사모님은 어떻게 만나셨어요?'다.

한 목사님께서 자신의 결혼 이야기를 풀어 나가신다.

"저희 교회에 한 자매님이 오셨는데요……."

나머지는 훈련을 받고 있다는 현실을 잊어버리고 잠시 목사님의 결혼 비화에 빠져든다. 훈련 시작이 지났다고 조교가 찾아왔다.

"지금 재미있는 설교 듣고 있으니까 조교님도 듣고 가세요."

훈련 시작해야 된다고 성화지만 억지로 옆에 앉게 하고 이야기를 진행시킨다. 얼마 후 조교도 곧 자신의 직분을 망각한다.

시간에 쫓겨 다음번 쉬는 시간을 기약하고 이야기를 중간 결산한다. 진지하게 이야기를 듣고 있던 나이 많은 한 스님이 물었다.

"그럼 사모님 동생은 어떻게 했어요?"

"동생이라뇨?"

"아까 자매님이라고 했잖아요. 그러면 사모님 동생이나 언니가 있을 꺼 아네요?"

"에이 참, 스님도. 교회나 성당에서는 여자 신도를 그냥 자매님이라고 불러요. 절에서 보살님이라고 부르는 것처럼, 아따 아직 그런 것도 몰랐어요."

멋쩍어 머리를 긁적이는 스님에게 또 다른 스님이 말한다.

"나도 저 목사님이 자매를 데리고 사는 줄 알았어."

훈련시간 보다도 훈련이 없는 자유 시간에 우리는 서로에게 더 많은 것을 배워 나갔다. 각자 종교의 의식과 의미, 그리고 어떤 주제에 대한 각 종파의 견해들을 정리해 나갈 수 있었다. 때론 멀리서만 보는 모습이 아닌, 안에서 보는 시각도 접하는 행운을 만나기도 한다. 어떤 사람이나 조직이든, 알려진 것과 실제 모습은 다 다르다. 좀 더 깊이 알고 나면 배울 점도 있고 몰랐던 사실을 알아 현혹되지 않게 되기도 한다.

스님들은 선방에서 주로 다양한 정보를 접한다. 쉬는 시간 지대방에 둘러앉으면 입심 좋은 한 스님이 이야기보따리를 풀어 나간다. 그러면서 여기 저기 흩어져 살았던 스님들이 이야기에 살을 붙이거나 내용을 확인해 준다.

마지막 훈련의 대미는 유격으로 장식된다. 이미 군대를 마친 신부님들께 많이 들어서 그런지 시작 전부터 괜히 긴장이 된다. 유격훈련이 힘든 것은 아니다. 일명 PT체조라는 몸 풀기 동작이 있는데 이것 때문에 유격이 힘들게 여겨진다. 말이 몸 풀기지 일종의 체력단련이다. 현장에서는 기합의 역할을 대신한다. 소리가 작거나 손, 발이 일치하지 않으면 될 때까지 계속한다. 헬스클럽에서 운동한다 생각하라지만 이건 장난이 아니다.

첫 번째는 줄타기이다. 외줄타기, 두 줄타기, 세 줄타기이다. 흔히 영화에서 많이 보는 장면이다. 밑에서 보면 되게 낮아 보이는데 일단 줄에 올라가면 세상이 멀리 보인다. 세 줄타기부터 시작하는데 그럭저럭 대부분 통과하였다. 두 줄타기부터 약간 난이도가 있는데 쉽게 앞으로 나아가지지 않았다. 또한 두 줄타기부터 공포감이 더 심해진다. 마지막 제일 힘들다고 하는 외줄타기이다. 균형을 잘 맞춰서 줄에서 넘어지지 않고 잘 가야 한다. 안 그러면 줄에 대롱대롱 매달린 통닭신세가 된다. 빨리 가는 사람은 빨리 가지만 대부분 초보운전이라 체증이 심하다. 기다리다 하나 둘씩 통닭이 되어간다. 이때 우리의 유격훈련을 기억나게 하는 사건이 일어났다.

외줄타기를 하던 신부님께서 가다 말고 갑자기 멈춰 서서 무언가 혼자 중얼거리신다. 몰래 휴대폰을 가지고 다니셨는데 하필 외줄 타는 중에 전화가 왔다. 훈련생은 절대로 전화를 가지고 있을 수 없는데 배짱 좋으신 한 신부님께서 그동안 잘 간수해오던 것이었다.

훈련 중 벨이 울렸고 중요한 전화인지 신부님께서 전화를 받으셨다. 뒤따라오던 나머지 훈련생들은 영문도 모른 채 줄에 매달려 있다가 힘이 빠져 뒤집어지기 시작했다. 밑에서는 교관과 조교들이 빨리 전화 끄고 앞으로 가라고 소리소리를 지른다. 신부님은 아랑곳하지 않고 할 이야기를 다 하신다. 재주도 좋으시다.

줄 위에 엎드려 턱 늘어진 상태에서의 전화통화, 일종의 곡예를 보는 듯하다. 줄 위에서 엎드려 전화를 하고 있는 모습과 그 뒤 메주처럼 주렁주렁 매달려 있는 훈련생들, 그리고 밑에서 팔짝팔짝 뛰고 있는 조교들, 멀리서 이 광경을 보면 절대로 웃지 않고 넘어갈 수 없다. 나머지 줄에 오르지 않은 훈련생들은 이 상황이 너무 재미있어 연신 웃어대고 있었다.

줄에서 내려오자마자 당연히 전화는 압수당했다. 외부와 교신할 수 있는 우리의 유일한 희망이었는데…….

다음으로 낙하 훈련이다. 일정한 높이에서 낙하산을 펴고 뛰어내리는 훈련인데 실제 낙하산은 아니고 긴 케이블에 줄이 연결되어 있어 뛰어내리면 인간케이블카가 된다. 저 아래로 줄에 매달려서 쏜살같이 내려간다. 점프대 앞에 서 있으면 갑자기 공포심이 몰려온다. 분명 높이는 얼마 높지 않은데 체감하는 높이는 엄청나게 높이 올라와 있는 기분이다.

미리 계단을 올라오면서 머릿속으로 동작을 반복해서 연습했다. 주저 없이 뛰어내렸고 머릿속으로 연습한대로 동작을 해보였다. 훈련을 시작한지 얼마 안 되어 뛰어내렸는데 교관이 부르신다. 기똥차게 잘 했으니까 오늘 훈련은 더 안 받아도 된다고 했다. 조교와 교관의 시범이 뒤따라 있었지만 나보다 못하다고 한다. 기쁘기도 하고 황당하기도 하고 어리둥절해 하는 나머지 훈련생들의 눈치를 살피기도 한다. 진심이냐고 재차 확인하자 교관이 진짜라고 하며 내무반에 가서 푹 자란다. 나머지 동료들은 그날 오후 늦게까지 똑같은 훈련을 반복했다. 내심 미안하기도 하고 어찌할 바를 모르겠다.

마음으로 연습한 것 밖에는 없는데 현실적으로 그 결과가 나타난 것이었다. 미국의 한 대학에서 실험이 있었는데 먼저 농구선수 30명을 각각 10명씩 세 개 조로 나누었다. A조는 매일 한 시간씩 공 넣는 연습을 30일간 시켰고, B조는 매일 한 시간씩 생각으로만 공을 넣는 연습을 시켰다. 그리고 C조는 마지막 삼일 동안 매일 열 시간씩 공 넣는 연습을 시켰다.

모두 30시간씩의 연습시간이 주어진 것이다. 이들을 모아 공 넣는 실험을 한 결과 매일 규칙적으로 연습한 A조가 제일 좋은 성적을 거두었다. 그러나 예상 외로 한 달간 전혀 공을 만져보지 않은 B조의 선수들이 마지막 집중적으로 연습한 C조의 선수들보다 더 많은 공을 집어넣었다. 생각만으로도 연습이 가능하며 또 생각만으로 우리의 몸이 변화될 수 있다는 사실이 밝혀진 것이다.

많은 사람들이 마음은 간절하지만 시간도 없고 체력이 안 되어서 봉사활동이나 명상을 하지 못한다고 푸념한다. 봉사활동이나 명상은 결국 자기에게 기쁨을 가져오는 것인데 만약 진정으로 여건이 안 된다면 생각만으로 한 번 실행을 해보라고 권유하고 싶다. 생각만으로도 기쁨이 찾아올 수 있으며 이런 내공이 쌓이면 자연스럽게 실천으로 옮겨진다.

시작이 반이라는 말이 있는데 하고자 하는 생각을 일으키고 마음속으로 반복해서 그 상황을 연습해보면 진정으로 반은 한 것이다. 공부나 기도, 중요한 업무나 시험, 협상 같은 상황에 직면해 있을 때 마음만 내어서 미리 연습해 보자. 집중력과 직관력이 계발되는 건 물론 현실적으로 좋은 결과를 반드시 얻을 것이다.

하늘을 날고 싶은 스님

처음 출가한 곳이 김포공항 옆이었다. 그래서 이른 아침, 혹은 오후 뒷산을 오르면 쉬지 않고 뜨고 내리는 비행기들을 볼 수 있었다. 그때는 아직 인천공항이 생기기 전이라서 정말이지 빽빽이 계류장에 비행기들이 꽉 차 있었다.

한 무속인이 나에게 전생에 하늘을 날아 다녔다고 지나가는 말로 이야기 한 적이 있었다. 별로 그 말에 신경 쓰지 않았지만 비행기를 볼 때마다 왠지 나의 마음도 같이 하늘을 날고 있는 기분이 들었다. 아마도 질투가 많고 어리석어 새로 살았던 적이 있지 않았나 하는 생각이 든다.

공교롭게도 삼사관학교에서 훈련이 끝나자 공군으로 배속되었다. 색다른 문화를 접하고 비행기를 가까이에서 볼 수 있게 되어 흐뭇한 마음에 잠을 설쳤다. 첫 번째 근무지로 강원도에 있는 한 공군부대가 정해졌다. 좋아는 했지만 너무나 몰라서 긴장되는 면도 적지 않았다.

무언가 공통적인 것이 있어야 쉽게 가까워질 수 있는데 승려와 공군과는 전생에 날아다녔다는 신빙성 없는 소리 외에는 공통되는 것이 없다. 누구나 처음 군대를 가면 당연히 공통적인 것이 없었을 것이다. 그러나 살면서 자신도 모르게 조직의 한식구가 되어버린다. 낯선 손님으로 찾아왔다가 식구가 되고 그러다가 또 다시 낯선 손님이 되어 나가는 곳이 바로 군대가 아닌가 싶다.

하긴, 피를 나눈 가족들에게도 처음은 짧은 낯설음이 다 있었다. 가족이라는 시간이 아주 길 따름이다. 다시 짧은 낯설음을 경험하며 세상을 떠날 때가 누구에게나 있을 것이다. 남녀 간의 만남, 친구와의 만남, 동료와의 만남, 스승과 제자와의 만남 등도 처음은 낯설음으로 시작되었다가 공통된 것에 하나가 되고 이내 공통된 것을 상실하면 다시 낯설어진다.

낯설음에서 빨리 벗어나려고 여러 고민을 해본다. 시간과 만남이 자연스런 해결법이다. 색다른 방법을 찾던 중 나도 비행기를 만들고 조종해 보면 어떨까 하는 생각이 들었다. 중학교 때 모형 자동차를 만들어 무선 조종기로 조종을 하는 경기에 학교 대표로 출전한 적이 있었는데 그때 무선 조종 비행기도 있다는 것을 처음 알았다.

모형 자동차와 마찬가지로 모형 비행기도 정교하게 실제 비행기의

나는 비행스님입니다

기능을 다 가지고 있다. 시동이 걸려 돌아가는 엔진과 움직이는 양 날개, 수직, 수평 꼬리날개를 가지고 있다. 또한 날아서 기동할 때 실제 비행기보다 더 다이내믹한 기동도 가능하다.

월급을 받자마자 필요한 장비와 비행기 만들 재료를 구입했다. 비싼 것은 아주 비싸지만 싼 것은 장난감 자동차보다도 쌌다. 모형비행기는 헬리콥터와 비행기로 나누어지는데 헬리콥터는 배우는데 시간도 많이 소요되고 처음 비용이 많이 들어간다. 비행기는 설계도와 나무만 들어있는 상태가 있고 거의 다 완성되어 기자재만 실으면 날 수 있는 것도 있다.

설계도와 나무만 들어있는 것을 세 개 사서 일단 관심 있는 병사들과 함께 비행기 제작을 시작해 보았다. 전에 전혀 해본 적이 없어서 만들고 분해하는 과정을 여러 번 거친 후에 그나마 비행기 형태를 볼 수 있었다. 엔진도 사용이 처음이라 설명서를 보고 작동법을 배워나갔다. 지금 생각하면 너무나 무지하고 무식했다는 생각을 하는데 알고 보면 참으로 위험한 짓을 벌였던 것이다.

아무리 작은 모형 비행기라 하지만 시동이 걸려 움직이는 것은 더 이상 장난감이 아니다. 서툴게 조작하거나 잠시 방심만 해도 엄청난 결과를 초래하는 사고를 일으킬 수도 있는 것이었다. 그저 자전거 타는 것처럼 쉽게 날리고 조종하는 것이 아니라 체계적으로 조종법과 정비법, 기타 안전 사항들을 배워야만 할 수 있는 것이다.

드디어 처녀비행이 있던 날이다. 공군 생활을 한 지 얼마 되지 않았고 빨리 공군문화를 알고 싶어 전 재산을 통틀어 제작한 비행기다. 시동은 어려움 없이 걸렸다. 몇 가지 작동 테스트를 하고 책에 나와 있는 대로 엔진 파워를 올렸다. 비행기는 빠른 속도로 앞으로 나아갔고 그 다음은 통제 불능 그 자체였다.

비행기는 다행히 가로수를 정면으로 들이받아 다른 피해를 주지 않고 나무에 상처만 남겼다. 보름간의 제작 시간과 5초 만에 추락, 허탈한 심정을 뒤로 하고 산산 조각난 잔해를 훑어본다. 사람도 다치지 않았고 건물에 피해를 입히지 않아 천만다행이라 여기고 잔해를 수습해 왔다. 가벼운 마음으로 시작했다가 이젠 무서운 마음이 들기 시작했다.

하늘에 유유히 날고 있는 새를 바라본다. 어설픈 첫 걸음마를 시작으로 여기 저기 부딪혀가며 힘들게 걷는 것을 배웠듯 저 새들도 살기 위해 고군분투하며 나는 것을 배웠을 것이다.

세상에는 혼자 배워 알 수 있는 것이 있고 그렇지 않은 것이 있다. 비행기 조종은 절대 혼자서 배울 수 있는 것이 아니었다. 지금은 컴퓨터 시뮬레이션이 있어 빠른 시간 안에 교육을 마칠 수 있다. 그러나 실제 비행을 하게 되면 일정 시간 지도자로부터 하나씩 제대로 배워나가야 한다. 기본 비행의 원리와 용어부터 차근차근 공부하기 시작했다. 직접 조종사나 정비사들을 찾아가 실제 비행기를 보면서 많

나는 비행스님입니다

은 질문을 하였다. 조종사도 아니면서 왜 비행기에 관심이 많은가 의

아해 하면서 공통된 주제로 같이 마음을 나눌 수 있다는 것에 서로간

의 낯설음이 빨리 녹아버렸다.

공군에 속해있다는 좋은 여건에 모형비행기 조종 기술을 빨리 터득

할 수 있었다. 이렇게 비행기와의 본격적인 인연이 시작되고 전역할

때까지 9년 동안 한결같은 도반이 되어주었다.

날아가고 있는 모형 비행기를 보면 비행기를 조종하고 있는 사람의

심리상태가 느껴진다. 들떠있는지, 다른 생각을 하고 있는지, 무슨

고민이 있는지 등 여러 형태를 보인다. 어떤 때는 편안하고 여유롭게

보이기도 하고 어떤 때는 불안하고 긴장감이 들 때도 있다. 얼굴 표

정이 감정을 숨지지 못하듯 멀리 떨어져 날리고 있는 비행기에게도

조종사의 감정은 전달된다.

아는 분이 비행기를 날리다가 한 번 점검해 달라고 조종기를 건넸

다. 조종기를 받자마자 주위에 있던 사람들이 갑자기 비행기가 편안

해 보인다고 궁금해 다가왔다. 조종사만 바뀌었을 뿐인데 그 변화를

쉽게 알아본 것이다. 비행기는 거짓말을 하지 않는다. 반드시 내가

조종한 대로만 움직일 뿐이다. 입력과 출력이 정확히 일치한다.

우리가 살고 있는 세상도 사실 알고 나면 거짓말을 하지 않는다. 그

러나 모를 때는 맞는 게 하나도 없어 보인다. 열심히 살아도 가난하

게 사는 사람, 놀아도 부자로 사는 사람, 착하게 사는데 고통이 이어

지는 사람, 나쁘게 사는데 복이 이어지는 사람 등이다.

보는 차원과 기준, 능력에 문제가 있을 뿐이다. 멀리서 보면 골프 장 같은 잔디밭이 가까이 가서 보면 허리 높이의 무수한 잡풀밭일 때도 있다. 멀리 있는 것은 고사하고 제일 가까이 있는 나 자신도 사실은 정확히 보지도 못하며 알지 못한다. 보이는 세상을 탓할 것이 아니라 먼저 어떻게 보고 있는지, 얼마만큼 보고 있는지를 점검해 보는 게 순서일 것이다.

나는 비행스님입니다

강론 품앗이

기본 군사훈련을 마치고 강원도의 모 부대에서 근무한지 얼마 되지 않을 때였다. 다행히 훈련을 같이 받은 신부님도 한 부대로 배속되어 한결 든든함을 느꼈다. 아무도 모르는 낯선 곳에 홀로 간다는 것은 모험심이 강하지 않고는 그리 달가운 상황은 아닌 것 같다. 부대 여기저기를 찾아가 새로 온 법사라고 소개를 했다. 신부님도 함께 다녔기 때문에 더 큰 환영을 받았다. 사무실에서 동시에 두 명의 성직자를 만나는 것은 그들에게도 흔한 일이 아니었기 때문이다.

바깥 일반 세상에서는 한 명의 성직자만이라도 자신의 사무실에 찾아오는 것도 일생의 한두 번 있을까 말까 하는 상황일 것이다. 가끔 돈 달라고 찾아오는 떠돌이 가짜 승려 빼고는.

둘이서 함께 다니니까 대화하기도 무척 자연스러웠다. 종교가 틀리면 서먹서먹해서 자연스러운 대화를 가지기 힘든데 둘이서 함께 하니 여러 가지 화제나 상황을 가지고 끊임없이 재미있는 대화를 이어갈 수 있었다.

군 생활 7년 째가 되는 어느 해에는 목사님과 같은 날 부임하게 되어 이번에는 목사님과 함께 인사를 다닌 적도 있었다. 그때도 상황은 마찬가지, 가는 곳마다 대환영이었고 더 자세히 각각의 하는 일을 소개 받았다. 사무실이나 작업장에서는 종교가 달라도 다들 반가워하신다. 그래서 아무리 바빠도 차 한 잔 대접해 주고 최선을 다해 접대에 응해 주신다.

처음 군대에 와서 한 달 여를 같이 돌아다니다 보니 신부님과는 친구를 떠나 형제 같은 느낌이 들었다. 법당에 손님이 찾아오면 잠잘 곳이 없다. 그래서 내 방을 내주고 신부님이 계신 사제관으로 놀러 간다. 사제관까지는 불과 20여 미터 거리라 거의 옆집 수준이다.

평소 신부님께서는 자신의 방을 공개하지 않는데 내가 가면 선뜻 자신의 방을 나에게 내어 주시고 신부님은 접대실 소파에서 주무신다. 매일같이 만나는 데도 또 만나면 할 이야기가 끝이 없다. 둘이서 심심하면 가까이 총각들이 사는 숙소가 있는데 전화를 걸어 소집시킨다. 다들 없는 살림에 무언가 주전부리를 챙겨가지고 모여든다.

그때 당시 신부님은 두 군데 부대를 한꺼번에 책임지고 계셨다. 신부님 숫자가 모자라서 혼자서 두 성당 일을 맡으셔야 했다. 그래서 일요일 미사가 있는 날이면 오전에는 충청도에 있는 부대에서 미사를 하시고 저녁에는 부지런히 서둘러서 강원도에 와서 저녁 미사를 집전하셨다.

그러던 어느 겨울날이었다. 오전부터 눈발이 간간히 날리더니 오후가 들어서 앞이 보이지 않을 정도로 많은 눈이 쏟아져 내렸다. 법당은 언덕 위에 있었기 때문에 눈이 오면 쌓여 얼기 전에 서둘러 쓸어 놓아야 한다. 안 그러면 걸어 올라오다가 미끄러져 다치기 일쑤였기 때문이다.

눈이 한없이 쏟아지는 가운데 정신없이 눈을 쓸었다. 아래서 위로 쓸고 다시 위에서 아래로 쓸고 쓸고 나면 또 쌓이기 때문에 잠깐 잠깐 쉬고 난 후 그저 눈이 그치기만을 기다리며 쓸기만 했다.

거의 지쳐 갈 무렵 신부님에게서 연락이 왔다. 가서 전화를 받아보니 신부님의 걱정스러운 목소리가 들렸다. 빨리 부대로 들어와서 저녁 미사를 집전해야 되는데 눈이 너무 많이 와서 도저히 고개를 넘어갈 수 없다는 것이었다. 그래서 신부님은 그냥 그쪽 부대에서 다음 날 출발할 테니 나보고 대신 미사 시간에 강론을 해달라는 것이었다.

나는 나도 법회 시간에 설법을 잘 못해 쩔쩔 매는데 어떻게 성당까지 가서 강론을 하냐고 펄쩍 뛰었다. 그러나 신부님은 막무가내였다. 미사를 안 할 수 없으니 나라도 가서 꼭 대신 해야 된다고 하셨다. 그리고 한 가지 약속을 하셨는데 다음 번 법회 시간에 자신이 나 대신 설법을 해줄테니 한 번만 도와달라는 것이었다.

너무 간곡히 부탁하셔서 도와드리겠다고 대답은 했다. 하지만 한 번도 성당 행사에 참석해 본 경험이 없는 나는 점점 머리가 무거워지기 시작했다. 성당에 연락해 보니 신부님에게서 사정 이야기를 다 들었다고 한다. 아무 걱정말고 그냥 와서 좋은 이야기만 해주면 된다고 한다.

약속 시간이 되어 성당으로 향했다. 평상시 내 집처럼 놀러 다녔지만 공식 행사에 참석해서 무언가 이야기를 해야 한다는 생각에 마음의 긴장은 한 없이 지속되었다. 신도석 맨 앞자리에 앉아 눈치껏 다른 사람들이 하는 대로 따라했다. 일어나면 일어나고 앉으면 앉았다. 드디어 강론 시간이다. 물론 신부님이 안 계셨기 때문에 늦게 온 사람들은 신부님이 늦게라도 오시려나 생각을 하고 있었을 것이다. 갑자기 내가 단상에 올라가니 많은 사람들이 놀라기도 하고 웃고 난리였다.

신도 몇 분들은 사정을 알고 계셨지만 대부분은 잘 몰랐었다. 마이크 앞에 서서 간단히 나에 대해 소개하고 오늘 왜 이렇게 될 수밖에 없었는가에 대한 사정 설명을 하였다. 그리고 나서 신부님과 훈련 받을 때의 재미난 에피소드 등을 이야기 해주며 나름대로 그냥 재미있는 시간을 만들려고 애를 써 보았다. 그리고 스님들에 대한 궁금한 이야기 등을 마무리로 하면서 정신없이 강론 시간을 메웠다.

미사가 다 끝나자 그제야 긴장이 풀렸다. 마치 큰 짐이 덜어진 느낌이었다. 미사가 끝나고 성당 신자분들과 다과의 시간을 가지면서 더욱 재미있고 아름다운 시간을 보냈던 기억이 난다. 다음 날 신부님이 찾아 오셨다. 당신 때문에 수고를 끼쳐 미안하다고 하면서 다음번 법회는 꼭 대신해 주시겠다고 다짐하고 가셨다.

공교롭게도 얼마 안 있어 나 또한 신부님의 신세를 질 일이 생겼다. 인근 부대 법사님이 외국에 나갈 일이 있어 법회를 대신해달라고 부탁하셨다. 연이어 두 번을 빠져야 되는데 나보고 한 번은 책임져 달라는 것이었다. 나도 같은 날 같은 시간에 법회가 있지만 선배 스님의 부탁이라 거절할 수 없었다. 그때 신부님의 약속이 생각났다. '그래 이럴 때 나도 부탁 한 번 해보자.'라는 생각이 들어 신부님께 사정 이야기를 드렸다. 신부님께서는 흔쾌히 승낙하셨고 얼마 안 있어 있었던 관음재일 법회 때 나 대신 좋은 말씀을 해주시고 가셨다. 신도님들이 더 좋아하셨다. 매번 스님들의 이야기만 듣다가 신부님 이야기를 들으니까 너무나 색다르다는 것이었다. 아무튼 이 품앗이 법회는 오래동안 회자되면서 양쪽 신도님들에게 좋은 추억거리가 되었다.

군대 안에는 교회, 성당, 법당이 있는데 서로 큰 행사가 있으면 아끼지 않고 도움을 준다. 석가탄신일이 다가오면 성당 신자들까지 와서 연잎을 비벼주고 교회에서는 간식을 챙겨다 준다. 반대로 크리스

마스나 부활절이 되면 교회나 성당에 필요한 것들을 보조해 주거나 위문을 해준다. 군대니까 이런 일이 자연스럽게 보일 것이다.

어떤 해에는 석가탄신일 전 날 신부님이 미사주 몇 박스를 직접 들고 성당 임원들과 함께 찾아오셨다. 밤새 행사 준비를 하는 법당 신자분들을 위문하러 오신 것이다. 귀한 미사주를 가지고 오셨기 때문에 법당 신자분들도 하던 일을 멈추고 신부님이 따라 주시는 미사주를 양껏 마셨다. 미사주도 술이건만 성스럽기 때문에 취하지 않을 것이라 과음을 했다가 다음 날 법회 때 남자 신도 전원이 술이 취해있는 상태에서 법회를 한 적도 있었다.

반대로 나 또한 부활절이나 성탄절이 되면 교회나 성당에 위문을 가는데 성당에 가는 날에는 어떻게 돌아왔는지 기억이 안 날 때가 많았다. 보통은 신부님 옆에 앉게 되는데 성당 신자분들이 술잔과 병을 들고 무릎 꿇고 너무나 정성껏 술을 권하기 때문에 조금씩만 받아도 수십 잔이 되니까 제대로 식사도 하기 전에 의식이 몽롱해졌다. 다음 날 마누라도 없는데 무슨 스님이 술을 많이 마시냐고 법당 보살님들에게 한바탕 잔소리를 듣는다. 가서 신부님 야단치고 와야겠다고 으름장을 놓는다. "다 내 탓이오. 그러니 나를 탓하시오."라고 농담삼아 달래본다.

이제 전역을 하고 일반 사회에 살다보니 이러한 재미는 추억으로만 남게 되었다. 같이 한 세상 살아가는 인간으로서 사는 동안 재미있게

살아가면 좋으련만, 각자 끼리끼리만 좋으려고 하는 세상이 살면서
도 부끄러울 때가 있다. 나 또한 여유가 없어 남을 살피지 못하고 살
고 있다. 그러나 마음만이라도 문을 활짝 열고 모든 사람들이 다들
잘 살기를 바란다. 서로 친근한 이웃이 되어 만나면 반가운 그런 세
상이 되었으면 하는 꿈을 꾸어본다.

어이 아저씨!

나라를 지켜야 하는 의무는 스님이라고 예외는 아니다. 제대를 하고 1년이 지나서 예비군 훈련 통지를 받았다. 군대에 있을 때에도 스님이라는 신분 덕에 별로 군인답게 살지는 못했다. 때문에 예비군 훈련 통지를 받았을 때에는 반갑기도 하고 또 부담이 되기도 하였다. 실제 군대 생활에 대한 경험이 거의 없어서 이제 제대로 고문관 취급을 받지는 않을까해서다. 첫 훈련은 예비군 훈련장에 가서 받아야 했다. 군대에 있을 적에도 잘 입지 않았던 군복을 찾아 빠진 것이 없나 확인해 보았다. 옷을 갈아입고 거울 앞에 서보니 어딘가 어색해 보이는 것은 마찬가지였다.

군대에 있을 때 이제 갓 군대에 들어온 신병들은 햇병아리 티가 난다. 복장도 그렇고 하는 행동도 그렇고. 그런데 몇 달 시간이 지나면 조금씩 군인다워진다. 그러다 제대가 얼마 남지 않은 말년 병장이 되면 또 다른 모습으로 변한다. 무슨 애늙은이 같기도 하고 나이와 상관없이 그저 어른스러워 보인다. 그런데 시간에 상관없이 항상 어색한 티가 나는 사람들이 있는데 바로 스님들이다. 스스로 군인이기를 거부해서 그런가 군인다워지는데 무척 많은 시간이 소요된다.

처음 군에 올 때는 중위 계급으로 시작했다. 그리 오래 군생활을 한 것은 아니었지만 제대할 적에는 소령 계급이었다. 거울 속의 내 모습을 한참 바라보고 있으니 군복도 어색했지만 그 위에 달려있는 소령 계급은 더 어색해 보였다. 잠시 계급의 변화와 함께 지난 날들이 빠른 화면으로 머릿속을 스쳐 지나가고 있었다.

시간에 맞추어 훈련장에 도착했다. 제일 먼저 하는 것은 신분 확인과 복장 점검이다. 다들 대충 군복은 차려 입었지만 확실히 현역 군인들과는 표시가 난다. 그곳에서 둘러보니 내가 제일 현역다워 보였다. 예비군으로 치면 아직 햇병아리여서 그런가 보다. 복장도 제일 준수해 보였는데 막상 복장 검사에서 큰 지적을 받았다. 문제는 계급이었다. 자신의 군복을 입고 와야 되는데 내가 다른 사람의 군복을 빌려 입고 왔다고 일단 계급장을 떼어 내라고 한다. 이거 내 계급장 맞다고 하니까 자신들이 이제까지 근무하는 동안 소령이 예비군 훈련 받으러 온 적이 없었다면서 웃기지 말라고 하였다. 그리고 내 얼굴 나이가 도저히 소령 제대한 사람으로는 보이지가 않는다고 한다.

갑자기 뭐라고 설명을 해야 될지 정신이 혼란스러웠다. 소집통지서를 보여주었으면 쉽게 끝날 문제였는데 미처 그 생각을 못하고 이리 저리 내 신분과 계급이 맞다고 한참을 설명했다. 결국 무언가 석연치 않은 심정으로 나를 들여보내 주었다. 들어갈 때 실랑이를 벌여서 그런지 다른 사람들도 힐끗힐끗 나를 쳐다보는 듯했다. 속으로 생각하기를 그냥 자기 옷 입고 오지 왜 소령계급장 달린 옷 빌려 입고 와가지고는 쯧쯧 하는 그런 눈치였다. 일일이 붙잡고 "나 진짜 소령 맞아요." 할 수도 없는 노릇이고 다음에는 내 옷 입고 오지 말고 병장 제대한 사람 옷 빌려 입고 와야겠다는 생각이 들었다.

본격적으로 훈련에 들어갔다. 훈련이라 해서 대단한 육체 훈련은 아니고 그냥 단순한 교육에 불과했다. 군인다운 군생활을 전혀 해보지 못한 나에게도 아무런 무리가 없을 정도로 단순한 교육이었다. 힘든 것이 있다면 시간이 무척 더디게 지나가고 있음을 매 순간 자각하는 것 뿐이었다. 교육받는 사람들을 잠시 살펴보니 눈에 초점을 잃어버린 사람들처럼 보이고 대부분 나름대로 깊은 상념에 빠져있는 듯 느껴졌다. 이 사람들에게 강의하고 있는 사람은 또한 이 순간 얼마나 힘들까. 잠시 군에서의 인격지도 시간이 오버랩 된다. 내가 단상에 올랐을 때 이미 3분의 2는 고개를 숙이고 있다. 그리고 정확히 1분이 지나기 전에 그 나머지의 얼굴도 검은 머리카락만 보이게 된다. 인격지도 시간이 끝나면 목사님이나 신부님과 가끔 인격지도 방안에 관해 서로의 비법 등을 물어보곤 했는데 3명 정도만이라도 머리를 들고 있으면 잘한 것이라는 소리가 갑자기 귀에 선하게 들렸다.

"어이, 아저씨, 거기 소령 아저씨!" 한참 상념에 젖어 있는데 갑자기 나를 부르는 듯한 소리에 번쩍 정신이 들었다. 얼떨결에 고개를 들어 쳐다보니 교관님이 예비군들의 주의를 끌기 위해 나를 지목해 질문을 할 태세였다. 망념에 빠져 있어 앞에서 무슨 이야기를 했는지 기억도 안 나는데 순간 얼굴이 화끈거렸다.

"거기 아저씨는 삼촌이 소령인가봐? 삼촌이 소령이니까 내가 질문 좀 해볼께! 이거 한 번 설명 좀 해봐."

'아! 이 웬수 같은 소령계급장' 할 말이 없어 고개만 푹 숙이고 있는 나에게 교관님은 재차 물음을 던지셨다. 몸을 움츠리고 고개만 숙이고 있으니까 마지막으로 한 말씀 더 하신다.

"계급 사칭은 범죄예요, 범죄. 다음부터는 자기 계급장 달고 와요. 알았지요?"

'그냥 하던 강의나 계속하시지 왜 남의 계급은 들먹이시나.' 어서 빨리 교육이 끝나기만을 마음으로 헤아렸다가 교육이 끝나자마자 교관님께 다가갔다.

"교관님, 저 이거 진짜 제 계급입니다. 저 군종장교 출신인데요, 어떻게 하다 보니 소령으로 제대해서 여기 훈련 받으러 왔거든요." 하면서 이번에는 소집 통지서를 보여주었다.

순간 교관님은 당황해 하면서 정말로 죄송하다고 사과를 하였다. 본인도 이제까지 예비군 교육을 하면서 소령을 본적이 없어 장난으로 그랬다고 했다. 아무튼 이날 여러 해프닝 이후에 거의 모든 교관과 조교들이 나의 존재를 알게 되었다. 덕분에 다음 번 교육부터는 더 수월해졌지만 내 신분이 알려져서 행동은 그만큼 더 조심스러웠다.

예비군 훈련을 받으러 온 사람들은 자신들의 신분이 노출되지 않기 때문에 행동이 더 자유스럽기도 하고 또 어떤 면에서는 잠시 자신을 감추는 시간이 되기도 한다. 알고 보면 전문직에 종사하거나 사업을 경영할 수도 있고 어떤 형태로든 직장 생활을 할 것이다. 그러나 군복이라는 유니폼으로 자신을 대변하게 되면 평소 감히 하지 못했던 말이나 행동도 할 수 있다. 요즘은 의식 수준이 많이 높아져서 예전과 달리 다들 교양있게 교육을 잘 받고 계신다.

예비군이 군복이라는 유니폼에 잠시 자신을 동일시하듯 평소 우리는 관념적으로 어떤 사상이나 개념에 자신을 동일시하고 산다. 이것은 신념이 될 수도 있고 이념이 될 수도 있다. 이 신념이나 이념을 통해 우리들은 삶의 의미를 찾기도 하고 위로를 받는다. 그리고 간혹 이 신념이나 이념의 유니폼을 입고 비상식적인 행동을 하기도 한다. 인류의 역사를 통해 이러한 사건들은 끊임없이 이어졌고 지금도 세계 곳곳에서 이 신념과 이념 때문에 온갖 악행이 자행되고 있다. 문제는 자신이 의지하는 신념이나 이념이 일종의 유니폼이라는 사실을 자각하지 못하는 데 있다. 그래서 이러한 악행의 끝이 보이지 않는다는 것이다. 현재 인류가 택한 해결책은 자신의 신념이나 이념을 더 강하게 만드는 것이다. 이러한 해결책은 일시적으로는 효과가 있지만 힘의 균형이 깨지면 다시 혼란과 비극을 초래한다.

참다운 지혜를 얻은 사람은 신념과 이념 등이 일종의 관념想에 지나지 않음을 안다. 관념의 유니폼을 벗어 던질 때 그곳에 우리 모두가 더불어 행복할 수 있는 길이 존재한다.

떡장수 스님

 이제 막 잠이 들었던 듯싶다. 갑자기 절 문 밖이 소란스럽고 시끄럽다. 주섬주섬 옷을 주워 입고 밖에 나가보니 술취한 젊은 청년이 무엇이 그리 서러운지 고래고래 울면서 누군가를 끊임없이 욕한다.

간섭할 상황도 아니었고 괜히 긁어 부스럼 만들까 무서워 그냥 옆에서 쳐다만 보고 있었다. 법당이 도심 공원 안에 위치하고 있고 따로 담장이 없어 늦은 밤 인적이 드물어지면 취객들의 놀이터가 되곤 하였다. 그냥 떠들다 가면 좋겠지만 분에 못이겨 깽판 치는 날에는 법당 기물까지 파손되는 수도 있어 잔뜩 신경을 쓰고 있어야 한다.

오늘 밤 잠자기는 다 틀렸다는 생각이 들면서 발길을 다시 법당으로 돌리려 할 때 그 젊은 청년이 나를 본 것 같다. 뒤에서 "스님, 스님”하고 큰소리로 불러재낀다. 뒤돌아 쳐다보니 반가운 듯 자리를 털고 일어나 나에게 다가온다. 이런 경우 대부분은 술값이나 밥값을 요구하는 경우가 많아 마음이 찡그려진다.

“스님, 죽고싶습니다. 죽고싶어요. 엉엉…….”

내 손을 잡고 고개를 숙인 채 갑자기 그쳤던 울음을 다시 터트리기 시작했다. 역한 술 냄새가 풍겨와 뒤로 몸을 빼려 했지만 더 다가와 아예 몸에 매달리기 시작했다. 그냥 달래서 될 상황이 아닌 것 같아 그 친구에게 여기서 이렇게 있지 말고 안에 들어가 이야기라도 하자고 조심스럽게 달랬다. 얼굴을 보니 그리 사납게 생기지는 않아 조금은 안심이 되었다.

차실로 안내하여 방석을 꺼내 주었다. 술기운에 따라 들어왔지만 자신도 좀 미안하고 어색했는지 잔뜩 긴장하고 어찌 해야 될 바를 몰라했다. 편히 앉으라고 일러주고 차 마실 물을 끓였다. 물이 끓고있는 동안 잠시 정적이 흐른다. 잠시 생각할 시간을 만들어 준다.

“죄송합니다. 스님, 밤 늦게 너무 폐를 끼쳤습니다.”

“무슨 힘든 일이 있었나봐요.”

차 한 잔을 우려 앞에 놓았다. 익숙하지 않은지 갑자기 무릎을 꿇는다. 다시 편히 앉으라는 말에 자세를 고쳐 앉고 말을 이어간다.

“예, 애인 찾아다니는데 오늘도 또 못 찾았어요.”

“애인을 찾아다닌다구요?”

"원래 저는 부산에 삽니다. 부산에서 빵집을 하거든요. 몇 달 전 애인이 그만 만나자고 하고선 서울에 올라왔는데요. 너무 열 받아서 가만히 있을 수가 없어요. 그래서 애인을 찾아 복수를 하려고 지금 찾아다니고 있지요. 만나면 가만두지 않겠어요."

"싫다고 갔는데 뭘 또 찾아서 복수까지 합니까! 복수한다고 그 애인의 마음이 바뀝니까! 아니면 그래야 속이 시원할 거 같아요?"

"모르겠습니다. 나를 버리고 갔으니까 절대로 가만두지 않을 겁니다."

"그래, 애인이 서울 어디에 있는데요?"

"몰라요. 그냥 여기저기 돌아다니며 무작정 찾고 있어요. 언젠가는 만나겠지요."

"빵집은 어떡하구요. 돈을 벌어야 되지 않아요!"

"신경 안 써요. 망하든 말든, 여자만 찾으러 다닐 겁니다."

"빵집 한 지 오래 되었어요?"

"예, 초등학교 졸업하고 나서부터 일했어요. 빵 만드는 게 너무 좋아서 학교 공부하는 거 포기하고 빵 만드는 거 배우기 시작했지요. 세계 제일의 빵쟁이가 되는 게 제 꿈이었습니다. 지금 나이는 어리지만 그래도 20년 넘게 빵 만들었어요. 저 빵 잘 만듭니다. 근데 제가 초등학교밖에 안 나왔다는 거 알고 그 년이 글쎄 도망가 버렸어요."

"인연이 안 되서 그런가 보죠. 빵 잘 만들어서 돈 많이 벌면 더 좋은 여자가 나타나겠지요."

"이제 빵이고 뭐고 아무 생각 없어요. 그 여자만 찾을 겁니다."

"생각이 그렇다면 어쩔 수 없지요. 여자를 찾으려면 서울에서 어디 일하면서 찾아봐요. 어차피 금방 찾지는 못할 거 같고 좋은 기술 있으니까 밥은 먹고 살겠지요."

아무 대답이 없다.

"그러지 말고 여기 법당에서 봉사나 하면 어떻겠수. 요즘 공원에 노숙자나 노인분들이 부쩍 많아지셨는데 법당에서 특별히 해드릴 게 없어 고민을 하고 있었지요. 지금 생각해 보니까 빵을 만들어 나눠주면 될 것 같아요. 어때요, 제 생각?"

"좋지요. 근데 빵은 어디서 만드나요?"

"법당 옆에 빵공장 만들어 봐야죠. 도와줘요. 잘 알잖아요. 최대한 비용을 저렴하게 하는 방법이 있지 않을까요?"

방황에 밀려 늦은 밤, 법당까지 오게 된 그 젊은 친구는 미안한 마음과 무언가 결심하는 마음이 생겨 내 제안에 적극 자신의 마음을 열어주었다. 사전에 계획된 일은 아니었지만 좋은 인연이 찾아왔다는 생각이 들어 다음 날부터 바로 실행에 옮겼다.

창고를 개조해 공간을 만들고 중고 장비를 사들여 기본적으로 빵을 구울 수 있는 채비를 하였다. 그 젊은 친구는 한동안 법당에 머물며 나와 군종병에게 자신의 빵기술을 전수하였다. 시간이 짧아 많은 걸

배우지 못했지만 기본적으로 식빵과 고소한 양파빵 두 가지만을 집중적으로 배웠다. 빵의 인기는 정말로 대단했다. 갓 구워낸 빵 맛은 아무리 초보자가 만들어 내었다고 해도 호텔의 고급 빵 맛과 차이가 없었다.

일주일에 두 번 빵을 구워내어 공원과 주변 복지시설 등에 무료로 나누어주었다. 빵 맛이 너무 좋아 빵을 사러 오시는 분도 계셨지만 빵장사가 아니었기에 그냥 맛만 보시라고 조금 나누어 드렸다. 좋은 일을 할 수 있게 되어 힘들어도 뿌듯한 마음이 들었지만 나 때문에 자신들의 군생활이 꼬였다는 군종병들의 푸념에는 달리 달래줄 방도가 없었다.

만남이 있으면 헤어짐이 있는 법, 인연이 다 되어 새로운 법당으로 가게 되었다. 그곳은 공군의 신병훈련소 역할을 하는 부대인데 매달 천 명 이상의 새로운 공군 식구들이 탄생되는 곳이다. 사회생활을 하다가 갑자기 환경이 바뀌어 많은 제약을 받는 부대 생활을 하다보면 힘든 게 한 두 가지가 아니다. 정신적으로 육체적으로 느껴지는 피로감과 짜증은 매일매일 무게를 더해 간다.

몸과 마음이 피로하면 단 음식에 끌린다. 그래서 유독 군에서 훈련을 받게되면 남녀노소를 불문하고 초코파이와 콜라에 환장하게 된다. 마음 같아서는 양껏 초코파이와 맛있는 음식을 대접하고 싶지만 훈련중이고 또 비용도 만만치가 않아서 그저 맛만 보는 수준에서 서로

만족해야 한다. 부대에 전속 간 지 얼마 안 되어 초코파이 값을 계산해 보니 한 달에 대략 7백만 원 정도가 들었다. 실로 엄청난 액수다. 일년 정도 따져보니 거의 8천만 원 정도가 나올 판이다.

법당이 그리 넉넉한 재정이 아니었기에 무슨 대책을 세우지 않으면 안 되었다. 그때 생각이 들었던 것이 이번에는 떡공장을 한 번 해보면 어떨까였다. 주변 사찰에서 쌀을 지원받아 군인들이 좋아하는 떡을 만든다면 비용도 줄이고 더 영양가 있는 떡을 줄 수 있어서 일석이조의 효과를 얻을 수 있는 것이다. 전에 빵공장을 해본 경험이 있어 준비하는 데에는 그리 겁나지 않았다. 필요한 중고장비를 구해 설치하고 한달 동안 매일 새벽 근처 떡집에 가서 일해주고 기술을 배웠다.

떡을 만드는 기술은 쉬운 것은 아주 쉽고 어려운 것은 아주 어렵다. 제일 중요한 것은 감각적으로 이루어지는 수분의 함량 조절이다. 떡장사가 목적이 아니었기에 백설기와 기본 시루떡, 그리고 가래떡 만드는 기술만 전수 받았다. 이제 신경써야 되는 것은 군인의 입맛에 맞는 떡을 만드는 것 뿐이다.

군인들을 위해서는 미각적으로 그리고 시각적으로 달게 떡을 만드는 것이 관건이다. 너무 달게 한다고 설탕만 많이 집어넣어도 일정한 수준 이상은 달지 않았다. 소금이 조화롭게 들어가야 단맛을 더 강하게 해주었다. 여기에 건포도가 들어가면 단맛은 극에 달한다. 시각적으로는 코코아 가루를 섞어 더 달게 느끼도록 하고 겉에다 초코시

럽을 잔뜩 뿌려주면 영락없는 초코떡이다. 수분을 알맞게 조절하고 뜸을 많이 들이면 떡이 부드러워져 대부분 빵으로 착각한다.

훈련받을 때 초코떡 맛에 황홀감을 맛본 몇몇 친구들은 휴가 때 집에 가서 어머님에게 졸랐다고 한다. 그런 떡 가서 사오라고. 비슷한 떡을 사와도 이 맛이 아니라며 나에게 전화해 물어보라고 했다나. 떡 성분과 방법을 일러주었지만 절대로 그 맛은 아니란다. 그러면 그때 말해준다. 한달 간만 훈련소에서 뺑이 치면 다시 입맛이 살아난다고.

아쉬워야 귀한 줄 안다. 초코떡 맛 만이 아니라 사랑과 건강, 그리고 자신을 지켜줄 지혜 등도 마찬가지다. 모든 것이 다 소중하겠지만 상대적으로 주목받지 못하는 것이 바로 자신이 의지해야 할 지혜이다. 사랑과 건강이 아무리 좋다지만 결코 영원하지 않다. 시간이 지날수록 어쩔 수 없이 놓아버려야 한다. 그럴수록 남는 건 자기 자신이다. 결국 나는 나 자신에게서 의지처를 찾을 수밖에 없다.

내 속에서 평온과 행복을 찾을 때, 이것이 진정으로 우리를 살맛 나게 한다. 잊고 살았던, 아니 아직 몰랐던 내 속의 맛있는 기쁨을 이젠 깨달아가야 할 것이다.

나는 비행스님입니다

공부하는 고통

　　　　　　　　　　　몇 년 전 신병 훈련을 담당하는 부대에 복무할 때 일이다. 일 년 내내 장교, 부사관, 신병들의 훈련과 교육이 쉼 없이 이어졌고 이에 따라 각종 정신 교육 및 종교 행사가 다른 곳 보다 서너 배 더 많았다.

일주일에 강의나 설법을 해야 될 경우가 평균 7~8회 정도였고 여기에 법당 신도회의 정기 법회까지 합하면 한 달에 30회 정도의 설법을 해야 한다. 같은 내용의 설법을 반복하는 경우도 많지만 적어도 한 달에 20회 이상은 항상 새로운 내용의 설법을 하여야 한다.

수행을 많이 한 것도 아니고 무슨 신통한 능력이 있는 것도 아니고 그리고 나이가 어려 세상 경험이 많은 것도 아닌 상태에서 매주 여러 번의 새로운 내용으로 이야기를 한다는 것이 점점 나의 가슴을 죄어

오는 지옥의 고통으로 여겨지기까지 했다.

대충 연예인들 이야기나 그 날 벌어졌던 잡다한 일들로 시간을 채워볼 수 있었겠지만 나 스스로도 무의미하게 여겨졌고 또 무언가 배울 수 있는 어떤 것을 원하는 청중들이 있었기에 작게나마 교훈적인 이야기를 찾을 수밖에 없었다.

옆 건물의 신부님이나 목사님과 어느 날 이와 같은 주제로 이야기를 한 적이 있었다. 신부님은 연세가 많아 경험도 많으셨고 끊임없이 많은 사람들을 만나가며 여러 교훈적인 경험을 쌓아간다고 하셨다. 목사님은 기도를 많이 하면 하나님이 저절로 말을 하게 하기 때문에 기도만 열심히 하신다고 한다. 물론 가끔 목사님 방에 놀러 가보면 열심히 공부하시는 모습을 본다.

가수 서태지 씨가 처음 은퇴 선언을 할 때 이런 이야기를 했다.

"창작 음악 활동을 통해 대중에게 위안과 기쁨을 주고 인기를 누리는 것이 좋기는 하다. 그러나 끊임없이 새로운 것을 요구하는 대중의 입맛에 매달려야 하는 것이 너무나 고통스러웠다. 이제 그 예속에서 벗어나니 후련하다."

겉으로 보기엔 많은 사람들에게 인정받고 화려해보이는 면도 있지만 대중들의 기대에 대한 부담과 예속, 그리고 인기 유지에 따른 스트레스 때문에 힘들어 하는 연예계 실상의 단면을 말해준다.

연예인들뿐만 아니라 조금만 생각을 크게 해보면 우리 사회 대부분의 영역에서 이런 모습을 발견할 수 있다. 정치인들은 유권자들의 눈치를 살펴야 하고 창작 예술인들은 자신들의 작품을 인정받으려 노력한다. 글쓰는 작가는 자신의 글이 많이 읽혀지기를 바라고, 가정을 책임지고 있는 아버지들은 더 돈을 벌어오기를 바라는 부인과 자식들의 눈치에 신경 쓰고 산다.

성직자들도 속사정은 비슷하다. 항상 무언가 위로받고 자극받고 또 배워가기를 원하는 신도들이 있기에 끊임없이 새로운 공부거리를 생각하지 않으면 안 된다.

그러나 이러한 상황이 결코 나 자신을 힘들게만 하지는 않는다. 자의건 타의건 더 많이 공부하게 하고 더 많이 생각하게 하기 때문에 시간이 지나면 고스란히 내 노력의 결과물로 남게 된다.

군인들의 훈련 모습을 보고 있자면 이런 생각이 든다.

'스스로 알아서 훈련하면 덜 힘들텐데.'

그러나 절대로 알아서 훈련하는 경우는 없다. 어쩌다 한 명 운동 삼아 훈련을 받고 있는 사람은 있을지 몰라도.

시켜야 어느 정도 열심히 하는 것이 우리 보통 인간들의 속성인가 보다. 훈련받는 내내 힘들어 하고 투덜대고 원망한다. 그러나 이런 시간이 지나면 어느 순간 몸과 마음에 변화가 찾아온다. 군인다운 군인이 되어가는 것이다.

장교든 특공대원이든 다 훈련시켜야 한다. 훈련을 고통으로 여기지만 참고 견디면 반드시 더욱 강해진 몸과 정신을 향유한다.

신병 훈련을 받고 있던 어떤 친구가 물었다.

"법사님, 훈련이 너무 시시하고 재미 없어요."

"너 미친 거 아냐."

"아니요. 살 빼려고 군에 오기 전부터 운동 열심히 했고 여기서도 한 5킬로그램 더 빼려고 맘 먹고 더 적극적으로 하고 있는데 할만하면 끝나는 것 같아서요."

"그래 기특하다. 네가 주인처럼 사는구나."

옛말에 수처작주隨處作主 입처개진入處皆眞이라는 말이 있다. 어느 곳에 가든 주인처럼 살면 가는 곳이 다 참되다는 뜻이다. 같은 상황이지만 시각을 한 번 바꾸어 보면 예속과 끌려가는 상황에서 주인처럼 이끌어 가는 상황으로 바뀌기도 한다.

나를 괴롭게 하는 상황이지만 짧은 시간 안에 나의 변화를 극대화 시켜주고 많은 공부를 하게 해준다. 그냥 하라고 하면 절대로 이루어지지 않는 것을 이루어지게 한다.

같은 환경이 생각에 따라 속박이 되기도 하고 기회가 되기도 하는데 우리는 살면서 항상 두 가지 조건에 걸려있다. 그리고 대부분의 사람들은 자기 편한 입장에서만 생각하기를 항상 끌려 다닌다고 여긴다. 나 또한 이러한 면에서 자유롭지는 못하다. 그러나 지나온 삶의 흔적을 더듬어 보니 가장 나를 공부시킨 것은 가장 나를 힘들게 했을 때였다.

선배스님이 나의 푸념에 답하신다.

"가르치기 싫으면 배우러 다녀. 뭐가 어려워, 배우는 놈들은 배우는 게 힘들다고 하고 가르치는 놈들은 가르치는 게 힘들다고 하니 서로 역할을 바꾸면 되잖아."

사리 나오게 하는 법

 10년 전 공군 모 부대 법당에서의 일이다. 그
때는 서바이벌 게임이 한창 유행인 때라 놀이공원에 게임장이 있을
정도였다. 우연히 어린이들과 서바이벌 게임장에 들르게 되었다. 어
렸을 적 전쟁놀이야 숱하게 해보았지만 정말로 이렇게 재미있는 놀
이는 처음이다. 법당에 나오는 병사들과 학생들도 서바이벌 게임에
많은 흥미를 가지고 있던 터라 이 참에 법당에서 서바이벌 게임을 한
번 해보자는 생각이 들었다.

완구점에서 장난감 총 네 개를 샀다. 가격이 만만치 않았지만 보다
많은 재미를 위해 큰 맘 먹고 성능이 좋은 것으로 택했다. 그 총들은
속칭 비비탄이라는 총알을 사용하는데 한 번에 수십 발을 연속으로
쏠 수 있어 많은 양의 탄환이 필요했다. 그래서 이천여 발의 총알도

준비했다.

　병사들과 학생들에게 광고하고 약속한 시간에 법당에 모였다. 학생들은 자기들 나름대로 총을 준비해 왔다. 두 조로 편을 나누고 규칙을 정한 후 방석을 이용해 각자 진지를 구축했다. 진지 뒤쪽 위에 종이컵을 올려놓고 먼저 종이컵을 쓰러뜨리는 팀이 이기는 것으로 정했다. 물론 진지 앞 쪽에는 하얀 선을 그리며 발사되는 기관총이 각각 준비되어 있어 컵을 쓰러뜨리려 가까이 왔다가는 얼굴이 벌집되기 일쑤였다.

　좀 더 실감나게 하기 위해 속옷만 입고 하기로 하였다. 맨 살에 총알을 맞아봐야 총알 무서운 줄 알기 때문이다. 저녁 내내 게임을 하다보니 각자 준비한 탄환이 바닥났다. 법당 바닥을 보니 우박이 소복하게 쌓인 듯하기도 하고 하얀 콩밭이라는 느낌이 들었다. 다음날 새벽 기도가 있어 다함께 게임을 정리하고 청소를 했다. 쓸어도 쓸어도 어디서 나오는지 모르게 계속해서 총알이 굴러 다녔다. 너무 재미있게 놀다보니 피곤하기도 하여 대강 청소를 하고 모두 헤어졌다.

　다음날 새벽 아무 생각 없이 여느 때처럼 새벽 예불을 올렸다. 새벽에는 근처에 사시는 노보살님 두 분이 항상 참석하셨는데 예불 후 법당 청소도 해주시고 정리를 도와주셨다. 예불을 마치고 방에 들어가는데 노보살님 한 분이 향을 사르다가 불단 위에 하얀 콩 같은 것을 몇 개 보게 되었다. 장난감 총알을 생전 보지 못했던 그 노보살님

은 하얀 구슬 같은 것이 널려 있어 깜짝 놀라시며 부처님께서 밤새 사
리를 토해내셨다고 탄성을 자아내셨다.

순간 간밤에 깜박 잊고 불단 청소를 하지 않았다는 것을 깨달았다.
그건 사리가 아니라 장난감 총알이라고 말해드리고 싶었지만 아침부
터 한 소리 들을 것 같아서 그냥 무시하고 방으로 들어와 버렸다.

부대에 일이 있어 오전에 잠시 밖에 외출을 하게 되었는데 종무병
으로부터 급한 연락이 왔다. 법당에 사리가 많이 나왔다고 소문이 나
서 많은 사람들이 몰려왔는데 결국 사리가 아니라 장난감 총알이라
는 것이 밝혀져 엄청 분개하고 있으니 빨리 와서 사태를 수습하라는
것이었다. 이 일 저 일 핑계로 오후 늦게 법당에 들어갔다. 그 사이
종무병은 나를 대신해서 실컷 야단맞고 사태가 해프닝으로 끝난 뒤
였다.

지금 생각하면 참 나도 철이 없었다는 생각이 드는데 한편으로는
웃음을 참을 수가 없다. 경건한 불자라면 어떻게 법당에서 그런 일이
생길 수 있냐고 괘씸해 할 지도 모를 일이다. 그 일이 있을 때 한참 사
회에서는 부처님 얼굴에 우담바라 꽃이 피었다는 소식에 많은 사람
들이 관심을 가지고 있을 때였다. 결국 그 일도 해프닝으로 끝나고
말았지만 왠지 쓸쓸한 느낌은 남게 되었다. 물론 비비탄 총알보다는
양반이지만······.

이별 비행

제대를 한 달 앞 둔 어느 날, 공군 본부 정훈실에서 한 통의 전화가 왔다. 한 달 후 공군참모총장배 모형항공기 대회가 있을 예정인데 행사 홍보 차원에서 대회에 출전해 달라는 것이다. 실력이 문제가 아니라 캐릭터가 특이해서 홍보에 용이했기 때문이다.

전역하기 전 추억으로 공군에서 주최하는 시합에 한 번 출전해 보아야겠다는 생각을 하고 있던 차라 쾌히 승낙했다. 하지만 조건이 붙었는데 대외적으로 행사 홍보를 해야 하니 협조를 해달라는 것이었다. 그냥 시합에만 출전하면 안 되겠냐고 청하였는데 정훈실에서는 행사 홍보에 꼭 필요하니 귀찮더라도 최대한 언론 취재에 응해달라고 거듭 부탁하였다.

실력이 특별한 것도 아닌데 언론에 나가면 무슨 망신이냐고 거듭 사양했지만 공군을 위해서 마지막으로 봉사를 해달라는 말에 결국 협조하겠다고 약속해주었다. 하던 대로 그냥 나가도 되었지만 그래도 대한민국에서 주최하는 가장 큰 비행기 대회이고 언론에서 취재까지 한다고 하니 신경을 쓰지 않을 수 없었다.

비행기 대회는 여러 종목이 있다. 우리가 많이 알고 있는 고무동력 종이비행기가 제일 기본이고 동력 없이 자체 양력으로만 비행하는 글라이더 부문이 있다. 이외 무선조종기로 조종하는 부문이 있는데 여기는 세 종목이 있다. 헬리콥터, 비행기, 글라이더이다. 고무동력 비행기는 오래 날기만 하면 시합에 입상한다. 무선 조종부문은 비행기를 조종하여 하늘에서 일종의 정해진 연기를 해야 한다. 가장 정확하고 우아하며 절도있게 비행을 하는 사람이 우승하게 된다.

매년 여러 개의 국내 대회가 있고 아시아 선수권, 세계 선수권 대회가 있다. 매 2년 마다 규정과 연기 내용이 바뀌기 때문에 비행기를 잘 날린다고 해도 연습을 끊임없이 해야 한다. 요즘은 대학 입학 때 특별 가산점이 있어 학생들이 많이 참석한다. 시합에 따라서는 입상만 하면 수시전형으로 대학에 입학할 수도 있다. 그래서인지 점점 학생들의 경쟁도 치열해지고 모형항공기에 대한 관심도 급속도로 커지고 있다.

다행히 요즘은 중국이나 동남아시아 국가에서 저렴한 가격의 제품들이 쏟아져 나와 적은 비용으로 비행스포츠를 즐길 수 있게 되었다. 국내에서도 품질 좋은 제품들이 있어 예전에 비해 취미를 즐기기에 편해졌지만 공간적인 제약이 점점 심해져서 비행기를 좋아하는 사람들의 애간장을 태우고 있다.

잘 모르는 사람들은 모형비행기를 일종의 장난감으로 생각한다. 심지어는 아무 것도 모르는 아이에게 무작정 사주는 부모들도 있는데 위험천만의 일이다. 무선모형비행기를 날리려면 미리 비행하는 방법을 배워야 되고 반드시 보험에 가입하여야 한다. 장난감 같은 것에 무슨 보험이냐고 의아해 할 지 모르지만 알고 보면 하늘을 나는 무기가 되기도 한다. 언론에 보도는 되지 않지만 매년 크고 작은 사고들이 발생하여 인명 피해나 물질적 피해가 발생하기도 한다. 그래서 반드시 보험에 가입하여야 하는데 보험료는 그리 비싸지 않다. 단 대인, 대물만 되기 때문에 자신의 비행기는 보상받을 수 없다.

시합에 정식으로 출전하겠다고 신청서를 제출했다. 제대로 따지면 시합은 두 번째 출전이다. 몇 달 전 대통령배 중급 부문에 처녀 출전해서 우승한 적이 있어 이번에는 고급 부문으로 신청했다. 고급 부문은 현역 국가대표들도 출전하기 때문에 경쟁도 치열할 뿐 아니라 연기 종목의 난이도가 아주 높기 때문에 중급하고는 하늘과 땅 차이다.

나에게 비행 지도를 해주셨던 분이 극구 만류하셨다. 마지막 비행이 될 지도 모르는데 다시 중급에 출전해서 일등하는 게 더 낫지 않겠냐고, 게다가 언론에서 취재까지 나오는데.

팬찮다고 하였다. 진짜 마지막이 될 지도 모르니까 후회 없이 고급으로 출전하겠다고 하였다. 망신을 당하더라도 고급 부문에서 꼴찌했다는 소리가 더 듣기 좋을 거라 우겼다.

시합에 출전하려면 비행기는 아무 거나 되는 것이 아니다. 크기는 넓이와 길이가 2미터 이내여야 되고 중량은 5킬로그램을 초과할 수 없다. 그래서 이 기준에 맞춰 비행기를 제작하려 무진 애를 써야 한다. 너무 가벼우면 약하고 또 튼튼하게 만들면 기동이 둔하다. 과격한 연기가 주를 이루고 있어서 가볍고 튼튼하게 만드는 게 비법이며 균형과 무게 중심이 잘 짜여져야 한다.

고급 과정 연기를 분석해 보고 나름대로 연습을 하기 시작했다. 물론 시간적으로 너무나 부족하다는 것은 자명했지만 모든 여가 시간을 할애하여 비행 연습에 몰두해봤다. 저녁 잠자리에 들기 전에는 머릿속으로 비행기의 모습을 만들고 천천히 연기해야 될 것들을 그려보았다. 머리가 빽빽해지고 무거워지는 느낌이 들었지만 이것도 일종의 명상이라는 생각에 최대한 능력이 되는대로 연습하였다.

무선모형비행기를 날리면 자신도 모르게 명상이 된다. 하늘에 떠 있는 작은 점에 불과한 비행기에 온 정신을 기울여 집중하여야 한다. 만약 한순간이라도 방심하면 눈 깜짝할 사이에 비행기는 사고를 내고 만다. 보통 추락하는 데에 1초도 걸리지 않기 때문에 정신을 바짝

차리는 것 외에는 달리 방법이 없다. 온 신경을 써서 비행에 집중하다보면 시간이 지날수록 자연스럽게 집중력과 직감력이 발달한다.

비행기는 동시에 네 가지를 컨트롤해야 한다. 속도, 높이, 기울기, 방향이다. 이것들을 순차적으로 작동시키는 것이 아니라 동시에 각각의 기능을 작동시켜야 하기 때문에 생각해서 조종하기보다는 본능에 의지해서 직감적으로 조종하게 된다. 자동차를 운전할 때 처음에는 생각을 하면서 기어와 핸들, 패달을 작동하지만 나중에 숙달되면 생각 없이 하는 것과 같다.

명상도 일종의 마음 조종이다. 자각력, 집중력, 정신력, 믿음, 지혜라는 기능을 활용해서 우리는 우리 자신을 알아간다. 자각력은 나를 아는 기능이고 집중력은 강하고 정확하게 나를 알게 하며, 정신력은 오랫동안 집중의 상태를 유지하게 한다. 믿음은 지속적으로 명상을 하도록 유도하며 지혜는 새로운 모습을 발견하고 더 앞으로 나아가게 한다. 이 다섯 가지 기능들을 계발시켜 가며 동시에 이것들을 조화롭게 잘 이용해 잘 살아보자는 것이 바로 명상인 것이다.

드디어 시합이 며칠 앞으로 다가왔다. 예정대로 여러 언론매체에서 인터뷰 요청이 들어왔으며 '왜 스님이 비행기를 날리는가.'에 집중적인 질문이 연속되었다. 하긴 스님이 장난감 같은 비행기를 날린다고 하니 세인들의 눈에는 이상하게 보이는 게 당연할지도 모른다. 모 방송국에서는 아예 이틀 동안 졸졸 따라다니면서 모든 과정을 촬

영했다. 중간중간 연출이 된 부분도 있지만 방송에 나오는 장면들이 이렇게 해서 만들어지는구나 하고 의문이 해결되기도 하였다.

대회 당일, 만반의 준비를 하고 시합장으로 향한다. 물론 방송국의 PD님도 동행하신다. 전역이 며칠 남아 있지 않았다. 제대 준비에 정신 없어야 하는데 웬 비행기 시합에 온 정신이 팔려 있다니 내가 생각해도 기이한 팔자다. 피디님에게 신신당부 드렸다. 스님 신분으로 방송에 나가는 것이니 다른 스님들까지 피해 안 끼치게 제발 망신되는 부분은 편집 잘해달라고.

드디어 시합이다. 실력도 안 되는데 어거지로 나와서 남에게까지 폐를 끼치지나 않을까 내심 불안 반, 기대 반이다. 순서가 뒤로 밀려 오후에 하게 되었다. 그동안 눈을 감고 시간이 될 때까지 마음으로 비행을 연습한다. 오직 마음속에는 희미한 나만의 비행기만이 푸른 하늘을 유유히 노닌다.

내 순서가 왔다. 보조자의 도움을 받아 시동을 걸고 비행기를 활주로에 정렬시킨다. 이륙하기 위해 움직이는 순간부터 심사가 시작된다. 엔진 파워를 조금씩 올리자 비행기는 부웅하는 소리와 함께 하늘로 떠오른다. 이 순간부터 오직 나와 비행기만이 존재할 뿐이다. 나의 마음이 곧 비행기가 되고 나의 의지가 비행기로 표현된다. '멋지고 아름답게, 우아하고 아슬아슬하게, 이왕 날리는 거 재미있게 날리자구.' 마음 한 구석에서 지금 이 순간을 만끽하자는 용기가 솟아

나는 비행스님입니다

오른다.

　정해진 연기를 다 마치고 다시 출발한 곳으로 비행기를 데리고 온다. 사냥 나갔던 매가 다시 주인의 팔로 돌아오듯 나의 비행기는 살며시 내 앞에 착지한다. 유래없는 심판들의 기립박수가 있었고 여러 방송국 카메라들이 나를 에워쌌다. 일단 망신은 아니구나 하는 안심이 들었고 무슨 말을 해야 되는지 모를 정도로 정신이 아직 일상의 상태로 돌아오지 않았다. 나중에 녹화된 방송을 다시 보니 많은 분들이 축하해 주셨고 나의 예기치 않은 비행 실력에 많이 놀라신 듯했다.

　비행 성적은 전체 2위이다. 주최측의 농간인지는 모르겠으나 하여튼 고급부문에서 생각보다 월등한 성적을 이루었다. 1위와 3위 그리고 안타깝게 나 때문에 4위를 한 분이 얼마 후 벌어진 국가대표 선발전에서 모두 대한민국을 대표하는 국가대표가 되었다.

　호들갑스럽게 나의 마지막 이별비행은 끝났다. 인터뷰 도중 비행과 명상에 대한 많은 이야기를 한 것 같다. 그러나 기억나는 것은 그것이 나의 가장 큰 즐거움이었지만 가장 큰 마장(수행의 장애)이었다는 것이다.

비행스님의 꿈

나름대로 의미 있는 역할을 해보겠다고 자청하여 남보다 더 많이 군생활을 하였다. 만 9년이다. 짧은 시간은 아니었지만 매 순간 나에게 빠른 변화를 가져왔던 시간이었다. 종교적인 일을 주로 하는 것이지만 보이지 않는 성과를 내기 위해 창조적인 고민을 지속시켜 왔다.

이런 창조적인 고민은 세월이 지나면서 탄력이 붙어 급기야 군이라는 틀을 답답하게 만들었다. 인공위성이 지구 위를 돌듯 서로 간의 힘이 조화를 이루면 각자 제 역할을 충실히 해 나갈 수 있다. 그러나 튀쳐 나가려는 에너지가 강해지기 시작하면 궤도 이탈은 점점 현실화 된다.

군생활을 하면서 한편으로는 차문화 활동을 같이 병행하였다. 이러한 것들 때문에 외국에서 벌어지는 행사에 초정되는 일이 많았고 그때마다 인생내공이 많이 쌓인 분들에게 정신이 번쩍 들게 하는 깨우침을 얻곤 하였다. 개인적인 일로 미얀마를 갔을 때, 그곳 명상센터에서 인생이 바뀔 만한 큰 영감을 받았다. 내가 앞으로 살아야 될 목표가 바뀌는 순간이었다.

귀국 후 주저없이 전역을 결정하였고 그로부터 전역하기까지 5년이라는 시간이 걸렸다. 드디어 기다리던 전역이 얼마 남지 않을 때였다. 평소 비행기를 너무나 좋아하는 나를 위해 부대 지휘관님이 좋은 선물을 주시겠다고 한다. 바로 실제 전투 비행기에 탑승해 보는 것이다. 수송기나 헬리콥터는 여러 번 탄 적이 있지만 전투기는 워낙 까다로워 조종사가 아니면 정말로 타기 어렵다.

전투기를 타고 하늘을 나는 것은 아니었지만 지상 활주로에서 전속력으로 달려 비행 직전의 상태까지 체험해 보는 것이다. 그것도 공군 최신의 전투기로 말이다. 두 시간 동안 준비를 하면서 실제 조종사들이 비행 준비하는 과정을 다 겪었다. 비행기에 올라 캐노피가 닫히자 만화영화에서 많이 본 우주선에 탑승한 기분이다. 답답한 느낌은 들었지만 긴장감과 설레임에 이내 묻혀버렸다.

활주로에 도달하여 마지막 점검을 받는다. 그리고 출발 신호의 깃발이 떨어진다. 이미 엔진은 최대의 파워로 불을 뿜고 있는 상태였다. 브레이크를 풀자마자 그대로 튀어나간다. 몸이 뒷쪽으로 쏠린다. 하늘에서 급선회할 때 생기는 압박감과는 비교가 안 된다고 하지만 처음 경험하는 나에게는 짜릿한 쾌감마저 일어난다. 민간항공기의 이륙 때와는 정말로 비교할 수 없는 것이었다.

고등학교 동창 친구가 수송기 조종사로 근무하고 있어 야간 훈련비행 때 조종석에 같이 탑승한 적이 있었다. 수송기는 그나마 조종석이 넓은 편이라 신체적으로 여유가 있고 다른 요원들과 이야기도 할 수 있어서 긴장감이 덜한 편이었다. 그때 친구의 임무는 야간 계기비행이다. 오직 계기만 의지해서 비행기를 활주로에 안전하게 착륙시키는 훈련인데 창밖을 보지 않고 오직 교신과 계기만 의지해서 비행기를 조종하였다. 덕분에 옆에 있던 나도 착륙을 시도할 때는 등이 땀에 젖어버렸다. 실제로 조종사들이 어떻게 훈련을 받고 있는지 직접 체험해 볼 수 있었던 좋은 기회였다.

또 하나 잊지 못할 비행 체험이 생각난다. 설악산의 단풍이 한참 무르익어갈 무렵이었다. 헬리콥터에 관심이 많았고 어떻게 훈련하는지 궁금해서 부대장님에게 비행 체험을 정식으로 요청 드렸다. 부대장님은 흔쾌히 허락하셨고 마침 유지비행을 해야 되는 분이 계셔, 군복을 착용하고 정식으로 비행에 동행하였다. 유지비행은 말 그대로 비행 기술이 퇴보하지 않게 일정한 시간이 되면 해야 되는 의무 비행이다.

큰 헬리콥터는 탑승해 보았지만 작은 것은 처음이었다. 날아다니는 것을 보면 생뚱맞고 무척 작아 보이는데 막상 안에 들어가 보니 생각보다 넓었다. 서서히 고도를 높이자 넓은 비행장이 한 눈에 들어오고 주변에 그저 높이 바라만 보던 산들이 내려다 보이기 시작했다. 땅에서는 헷갈렸던 길들이 위에서 보니까 이리저리 다 연결되어 있었고 어딘지 모르게 한없이 뻗어 가고 있었다.

하늘에서 보는 설악산의 단풍은 정말로 말을 잊게 만들었다. 헬리콥터를 조종하시는 분도 마치 벙어리가 된 듯 아무 말 없이 아름다운 단풍의 불바다 위를 고요히 비행하신다. 명상 중 삼매에 들면 시간과 공간의 개념이 없어지고 오직 평온함으로 완전히 충만되어진다. 이 순간 나의 눈에 들어오는 시각 신호에 나의 마음은 이미 삼매에 든지 오래다.

구름 한점 없는 맑은 설악산 상공을 선회하고 다시 부대로 복귀한다. 도중에 조종사가 바이킹 타는 거 좋아하냐고 물으셨다. 물론이라고 말하자마자 비행기는 하늘로 솟고 정점에 이르렀다가 다시 급강하를 시작했다. 배 속의 창자가 오랫동안 둥 떠있다가 다시 제자리로 가는 기분이다. 또다시 급상승을 하는 순간 몸이 자석에 강하게 달라붙는 느낌과 함께 입이 헤 벌려진다. '한 번 더' 요청해보지만 위험하다고 그만하신단다. 대신에 휴게소에 들렀다 가자고 한다. 하늘을 날고 있는데 무슨 휴게소?

낮게 고도를 낮추더니 헬리콥터는 어떤 강둑에 내려앉았다. 조종사들이 참았던 소변과 담배를 해결한다. 그리고 다시 문닫고 '오라이' 나중에 알았지만 비상착륙 훈련이었다.

헬리콥터는 '호버링'이라고 하는 기동이 가장 기본이다. 호버링은 공중에서 움직이지 않고 정지해 있는 상태인데 이 기동을 할 줄 알아야 안전하게 착륙할 수 있다. 모 방송국에서 부대에 위문공연을 왔다. 부대를 소개하는 화면을 촬영해야 한다며 초보 조종사였던 나에게 모형 헬리콥터를 날려 달라고 했다. 제대로 날리는 수준이 아니라 극구 사양했지만 꼭 필요한 화면이라 종용하는 바람에 시도를 해보았다. 이륙은 그럭저럭 했지만 도망가고 있는 비행기를 잡아오지 못해 헬리콥터는 결국 눈 앞에서 사라져 버렸다. 수색대를 출동시켜 간신히 십리 밖에서 비행기의 잔해를 찾아왔다.

시간이 흘러 헬기 조종에 어느 정도 능숙해졌을 때 방송국에서 또 요청이 들어왔다. 이번엔 자신이 생겨 큰 맘먹고 찬조 출연해 줬다. 생방송이었는데 지금 생각하면 아찔한 생각이 든다. 두 대의 모형 헬리콥터가 기동 시범을 보이고 있었는데 서로 호흡이 안 맞아 공중 충돌했다. 좋은 구경거리가 되었는지는 몰라도 만약 주변 구경꾼들 머리 위에 떨어졌더라면 뉴스의 헤드라인을 장식할 뻔했다.

전역을 앞두고 비행기와의 인연도 정리할 때가 되었다는 생각이 들었다. 돌이켜 보니 비행기와 연관된 숱한 파노라마가 펼쳐진다. 공군과 깊은 인연이 있어 더욱 즐겁고 아쉬운 시간들로 보였다.

우아하고 자유스럽게 하늘을 나는 새처럼 살고픈 나의 소망과 마음을 잠시나마 비행기로 대신 표현하고 살았다.

잊지 못할 전역 선물

군대에 사는 스님을 군승이라 부른다. 보통 부대에서는 '법사님'이라는 호칭을 쓴다. 형식적으로 보면 불교 종단에서 국방부로 파견을 보냈기 때문에 승려 신분이기도 하고 또 한편으로는 정식 국방부 소속의 장교이기 때문에 일종의 군인 신분이기도 하다. 군대 안에서는 스님 대접을 받고 절에 와서는 군인 대접을 받는데 이러한 환경이 유리할 때도 있고 불리할 때도 있다. 상황에 따라 유리한 신분을 활용한다.

부대 안에서는 병사나 군 가족들과 가까이에서 생활을 하기 때문에 바깥 사회에서 스님을 잘 알지 못했던 병사들도 부대 법당에서는 스님들을 더 편안하게 생각한다. 또한 기존에 스님들에게 가졌던 신비적인 고정관념 등이 법사님들과 자주 접하면서 보다 현실적인 시각으로 바뀌기도 한다. 스님은 풀이나 이슬만 먹고 산다거나 무언가 색다른 면을 가지고 있을 거라 생각하는 사람도 있는데 이런 사람 만나면 서로 피곤하다.

같이 축구나 농구 같은 운동도 하고 회식 자리에서는 노래도 불러주곤 하는데 놀람과 반가움, 혹은 실망의 눈빛을 발견할 수 있다. 자기들과 똑같은 인간이라는 모습에 산타클로스의 진실을 알았던 때처럼 작은 충격을 받는다. 여하튼 같이 재미있게 시간을 보내주는 것에 동질감과 친밀감을 가지면서 또 다른 편안한 시각을 가진다.

병사들도 보통 전역을 앞두고 좋은 추억거리를 만들고 싶어 한다. 내무반이나 부대에서 소박한 이벤트라도 챙겨주지만 아무래도 시간적, 공간적, 경제적 여건이 허접하기 일쑤이다. 한 병사에게 제대선물로 무엇을 해주었으면 좋겠느냐고 물어보니 법당에서 법사님하고 축구를 하고 싶단다. 그때 한창 '달마야 놀자' 라는 영화가 히트를 치고 있었던 때였다.

"그래. 내가 길이길이 남을 만한 추억을 만들어 주마. 옷 갈아입고 법당에 모여."

군대 안에 있는 법당은 마룻바닥이 아닌 시멘트 바닥에 장판이 깔린 법당이 많다. 크기 또한 한 번에 많은 인원을 수용할 수 있어야 되기 때문에 필요 이상으로 큰 경우도 있다. 만약 이 안에서 축구를 한다……. 생각만 바꾸면 할 수 있는 일이다.

작은 고무공을 준비해 법당에 집합했다. 양쪽 출입문이 골대가 되고 법당의 기물 파손을 방지하기 위해 여러 규칙이 정해진다. 천장에 걸린 등에 공이 맞으면 감점 0.5점, 심판을 보고 계시는 부처님 근처로 가면 감점 1점이다. 지금의 이 상황이 믿기지 않은 듯 병사들은 서로 얼굴만 쳐다보고 웃기만 한다. 설명을 듣고 있던 한 병사가 입을 열었다.

"근데 나중에 부처님한테 벌 받으면 어떻해요?"

"주시면 받아 임마."

"아니 법사님, 그런 게 어디 있어요. 저 내일 제대하는데 선물은 고사하고 벌만 받으란 예깁니까!"

"야! 너 법당에서 축구하고 싶다고 그랬잖아. 이게 부처님께서 주시는 선물이라 생각해라. 지금 여기 아니면 어디 가서 법당에서 축구 해보겠냐. 네 인생에서 처음이자 마지막이다. 나 같으면 벌 받아도 하겠다. 혹시 벌 주시면 내가 대신 받을 게, 걱정 말고 뛰어."

무언가 찜찜한 표정으로 재차 확인한다.

"정말로 괜찮은 거죠. 법당에서 축구하는 거."

"원래는 안 되지, 어떻게 신성한 법당에서 축구를 하냐. 하지만 오늘은 너에게 주는 특별한 제대 선물이야. 부처님도 그동안 심심하셨으니까 재미있게 구경하실 거야. 세게 차지마 알았지! 자, 시작한다."

나와 종무병 둘, 전역하는 병사, 넷이서 각각 둘씩 편을 먹고 경기를 시작했다. 시작과 함께 찜찜했던 기색은 금세 사라지고 고함과 웃음, 때때로 비명이 끊어지지 않고 이어진다. 바닥이 미끌미끌한 장판이라 약간만 균형을 잃어도 벌러덩 넘어졌다. 좁은 공간이라 공수의 뒤바뀜이 순간적으로 일어났고 한 치도 긴장감을 늦출 수가 없었다.

상대편 골문이 가깝기 때문에 어느 위치에서건 슛이 가능했고 골키퍼는 손을 사용할 수 없었기에 온 몸을 던져 공을 막아야 했다. 적은 인원이었지만 기둥과 벽을 이용해 정교한 벽치기 패스를 하면 나름대로 조직력을 갖춘 공격이 가능했다. 드디어 전역하는 병사의 첫 골이 터졌다. 흥분의 감정을 억누를 수 없어 온 몸으로 법당 바닥에 슬라이딩을 하며 골 세레머니를 펼친다. 법당에서 첫 골을 못 넣어서 약간 허탈감이 들었지만 엄연한 승부를 겨루는 경기이기에 얼른 공을 집어 들고 상대방이 제대로 준비하기 전에 경기 속개를 선언했다.

첫 골의 흥분 속에 미처 제자리를 잡지 않을 틈을 타서 잽싸게 공을 차 버렸다. 공은 한 번에 반대편 문 구석에 꽂혔다. 웃다가 갑자기 어이없는 표정을 짓고 있는 상대편 병사들에게

"내가 경기 시작한다고 했지. 그렇게 방심하고 있으면 내가 못 넣을 것 같으냐!"

"아니 아직 준비도 안 하고 있는데 시작하면 어떻해요!"

"내가 시작하면 시작이야. 여기 주인 맘이야. 억울하면 너네도 나

중에 그렇게 해."

승부는 다시 원점으로 돌아왔고 각자 비장하고 진지한 표정으로 공의 움직임에 온 신경을 쏟아 붓는다. 경기 중에 쉼 없이 계속해서 움직여야 되기 때문에 생각보다 엄청 체력소모가 심했다. 그래서 전 후반 경기를 네 쿼터로 나눠서 진행하기로 하였다. 공이 실제 축구공의 삼분의 일 정도 밖에 되지 않았기에 실수가 잦았다. 게다가 바닥이 미끄러워 드리블 묘기를 부리다가는 으악 하는 비명과 함께 바로 역습의 기회를 만들어 준다.

인원이 적어서 그런지 짧은 시간 많은 골이 터졌다. 점수만 보면 축구 경기가 아닌 배구 경기를 보는 듯하다. 주고받고 엎치락, 뒤치락한다. 5분씩 네 번, 20분 경기를 했는데 체력이 완전히 바닥났다. 거기에다가 경기 중 줄곧 웃어대서 배까지 경련이 일어났다.

"법사님, 이 은혜 평생 잊지 않겠습니다."

"야, 나도 네 은혜 평생 잊지 않을게."

제대 후 이 병사는 집에 가서 식구들과 친구들에게 침이 마르도록 자신의 무용담을 반복하였고 식구들마저 감복하여 나에게 식사 초대를 청하였다. 어머님께서 돈독한 불교신자라고 했는데 혹시나 많이 놀라시지 않았나 걱정했지만 넓은 마음으로 이해를 해주셨다. 그 어떤 것보다도 진귀한 선물이어서 너무 고맙다는 인사말과 다음부터는 절대로 법당에서 축구하지 말라는 당부의 말도 잊지 않으셨다.

행복한 수행

나의 직업은 마인드가드. 마음을 지키고 보호하는 일이 주된 일이다. 무슨 마음일까?

착한 마음, 때 묻지 않은 순수한 마음, 아니면 우주와 같은 마음?

나는 지금 이 순간의 마음을 지킨다. 있지도 않은, 얻지도 못한, 아직 오지 않은 마음은 지키지 않는다.

나비의 꿈

명상 중에 한 청년이 묻는다.

"숨을 쉬면서 나를 본다고 하는데 어떻게 나를 본다는 거지요?"

"들이 쉬면서 순간순간을 느껴보고 내쉬면서 순간순간을 있는 그대로 느끼면 되지요."

"아직 잘 모르겠는데요. 무언지 모르지만 순간이라는 어떤 상태를 보게 되면 그 상태가 진짜인가요. 가짜인가요?"

"일반 사람들은 그 상태가 가짜라고 할 테고 명상을 오래 수행한 사람들은 그 상태가 진짜 현실이라고 하겠지요."

"그렇다면 지금 우리가 살고 있는 이 세계와 명상 중에 느끼는 세계 중에 어느 것이 진짜일까요?"

"앞의 대답과 같습니다. 자기가 가지고 있는 생각의 차이에 따라

서로 주장하는 바가 다를 수 있겠지요. 성현들은 맑게 깨어서 순간순간 무상한 나의 존재를 보면서 그것이 현실이라고 할 테고 범부들은 지금 살고 있는 세상이 현실이라 할 겁니다."

"점점 헷갈립니다. 내가 명상을 통해 현실 세상에 다녀 온 것이라면 지금 우리는 꿈속 세상에 살고 있는 건가요?"

"여기나 거기나 다 꿈이기는 마찬가지겠지요. 보는 시각만 다를 뿐이니까요. 인식작용의 대상이 다를 뿐입니다. 단지 다르다는 것은 한 쪽은 꿈인지 모르고 사는 것이고 다른 한 쪽은 꿈인지 알고 산다는 겁니다."

"장자에 나오는 나비의 꿈 이야기가 생각나는군요. 장자가 꿈에 나비가 되어 꽃밭에서 놀았는데 나비가 깨어 장자가 된 건지 아니면 장자가 꿈에 나비가 된 건지 모르겠다는 내용 말입니다."

"나는 영화 매트릭스가 생각나는데. 재미난 사실은 명상은 현실인 나를 잊기 위해서 하기도 하고 현실인 나를 알기 위해서 하기도 하지요. 현실이 고달픈 사람들은 이상적인 가상현실을 상정하고 그 상태에 오래 머무는 연습을 한답니다. 일종의 삼매 명상이지요. 그리고 자신을 가만히 느끼고 있으면 심심하고 답답하기 때문에 마음이 끌리는 어떤 대상에 머물면서 쉬기도 하고 즐기기도 하지요. 또 다른 형태는 힘들지만 정신 바짝 차리고 한 번 순간순간 자신의 느낌이나 모습을 바라보는 경우입니다. 항상 다른 생각으로 마음이 채워져 있다가 마음을 비우고 있는 그대로 자신의 모습을 바라보는 겁니다. 별로 재미는 없어요. 그러나 한편으로는 정말로 깨어 있구나 라는 생각이 들지요. 그렇게 해서 나를 이해해 가는 과정이라고 할까요."

"그냥 아무 생각 없이 꿈속에서 살아가는 게 더 속편한 거 같네요."

"다들 그렇게 살아요. 꿈이라는 현실을 안다 해도 세상은 똑같습니다. 깨달아서 항상 즐거우면 다시 태어나지 말라고 하시지 않았겠지요. 깨달아서 행복하게 오래오래 살라고 하셨겠지요."

"그럼 수행하지 말고 그냥 살까요?"

"수행하지 않고 산다는 것도 힘들텐데요."

"그러면 다들 대단한 거네요! 그냥 사는 사람들이나 수행하고 사는 사람들이나."

"그러네요. 삶을 살아가고 있는 모든 분들이 대단하게 느껴지네요."

"근데 이제 어떻게 살지요?"

"열심히, 자~알 알면서 ."

"……."

거만함에 대하여

절에서 있다 보면 정말 다양한 사람들을 만나게 된다. 절이 아니더라도 사람이 모이는 곳이라면 사회 어느 곳을 가도 마찬가지이다. '왜 이렇게 이상한 사람들이 많은 거야?' 아마 각자 한 번씩은 이런 생각을 해보았을 것이다. 내 눈에는 남이 이상한 사람으로 보일 때 나 또한 다른 사람들에게 이상한 사람으로 보일 것이다.

언뜻 보기엔 다 정상이고 좋은 사람들인 것처럼 보이다가도 시간이 지나면 서서히 나 자신과 사고방식이나 가치관이 멀어지고 있다는 것을 안다. 그러면 둘 중에 누군가는 이상한 사람으로 취급될 것이다.

이런 상황이 벌어지면 보통 짜증이 나거나 아니면 마음에 상처를 입는다. 마치 자신이 무시당하고 배신당한 느낌을 가지기 때문이다.

아니면 반대로 상대방을 무시하고 상대하려 들지 않기 때문에 상대
방에게 상처를 줄 수도 있다.

간혹 절에 와서도 심하게 거만을 떠는 사람들이 있다. 사회에서 높
은 지위와 재산을 가졌다는 것으로, 많은 사람들이 떠받들고 있기 때
문에 절에서도 똑같이 대접받기를 요구하는 사람들이 있다.

웃기는 이야기지만 아마 절마다 한두 명씩은 꼭 있을 것이다. 그런
데 이런 사람들을 상대할 때면 누가 이상한 것인지 판단이 안 설 때
도 있다. 저들이 이상한 것인지, 아니면 내가 이상한 것인지.

당사자들은 절대로 자신들이 거만하거나 무례하다고 생각하지 않
는다. 당연하다고 여길 뿐이다. 만약 그네들의 거만함에 대해 언급
한다면 왜 자신들을 거만하게 보는지, 그런 시각이 문제 있다고 항변
할 것이고 사람들의 시기 질투에 불과하다고 주장하기도 한다.

보는 사람들이 자신감이 없거나 무언가 꿀리는 게 있으니까 괜히
아니꼬워 보인다는 것이다. 듣고 보니 그럴 듯 하기도 하다. 아무튼
이미 생각에서부터 비뚤어져 있으면 보이는 것마다 마음에 안 든다.
말이며 하는 행동이 다 비뚤게 보인다.

거만함은 돈이나 지위가 높다고 해서 생기는 것은 아니다. 아무 것
도 없으면서도 거만함은 있을 수 있다. 보통은 성격상의 문제라고 본
다. 원래 거만한 성격을 가지고 있는데 이것이 재산이나 지위의 힘을
받으면 더 두드러질 뿐이라는 것이다. 성격상의 문제이기 때문에 이

거만함은 우리가 생각하는 것보다 훨씬 많은 사람들이 가지고 있으며 주위 동료나 가까운 친구 중에서도 관심만 있다면 쉽게 발견할 수 있다.

거만한 사람들은 절대 자신이 거만하다고 생각하지 않는다. 자신과 생각이 다른 사람들과는 상대하고 싶지 않고 아예 깨끗이 선을 긋고 싶어 한다. 그래서 이러한 부분이 다른 사람들에게는 무척 기분 나쁘게 여겨진다.

자신이 원하는 사람들만, 아니면 자신의 생각과 같은 사람들 하고만 관계를 맺고 속 편하게 살고 싶다는데 뭐가 문제인가라고 항변한다. 그런데 이런 부분은 남 이야기가 아니라 우리 자신 이야기일 수도 있다. 이러한 것들이 강하게 표출되느냐 그렇지 않느냐만 다를 뿐이다.

누군가에게 문제를 지적해 주는 것만으로 거만하다는 소리를 들을 수 있으며 자신을 귀찮게 하는 사람을 무시해버려도 거만하다는 소리를 듣게 된다.

모두들 자기 자신을 소중하게 생각한다. 아무리 생각이 깊다 해도 결국은 자기 자신을 중심으로 생각이 전개된다.

아는 분이 어느 날 하소연을 하러 왔다. 자기는 전혀 그렇지 않은데 남들은 자기가 그렇게 건방지다는 것이었다. 연구직에 근무를 하는데 항상 시간에 쪼들린다고 한다. 그래서 찾아오는 손님들을 일일이 만날 수도 없고 연락이 와도 피할 수밖에 없다고 한다. 대화를 하더라도 시계를 자주 들여다보고 하니까 같이 있는 사람들은 자신들이 무시를 당하고 있다고 생각을 하게 되고 결국 누구누구는 건방지다는 소문이 퍼지게 되었다는 것이다. 아마도 거만함은 상대적일 것이다. 잠재적으로 누구나 다 거만해질 수 있다. 성격이 그렇게 만들 수도 있고 상황이 그렇게 만들 수 있기 때문이다.

거만함의 반대는 겸손이다.

겸손은 자신을 드러내지 않고 남을 먼저 생각하는 것이다. 타고난 겸손가가 있는 반면 아무리 겸손하려 해도 절대로 되지 않는 부류도 있다. 겸손이 무엇인지 알고 그렇게 되고 싶지만 사건이 터진 후에만 생각이 들고 그렇지 않을 때는 전혀 생각이 일어나지 않는다.

겸손해지겠다고 하면 너무나 힘들고 잘 되지 않는다. 그러나 한 가지 방법이 있다면 명상하는 것이다. 명상 중에서도 자신을 잘 느끼고 지켜보는 통찰 명상을 하고 있으면 말이나 행동이 어느 정도 조심스러워진다. 겸손은 어떤 수행을 하고 나서 얻어지는 상태라기 보다는 수행 중에 자연스럽게 보여지는 모습이다. 그저 자신을 알고 있으려 한다면, 특히 말하고 있는 상황을 잘 알려 한다면 순간 겸손은 자연스럽게 실천된다.

본래 자신의 마음이 겸손하게 확 바뀐 것이 아니라서 명상을 하지 않고 있으면 언제든지 제자리 상태가 될 것이다. 그러나 명상할 때만이라도 겸손해진다면 그 만큼 공덕을 지은 것이다. 명상에 힘과 재미가 붙어 점점 일상생활 속에서 명상의 비중이 높아지면 그만큼 겸손의 비중도 높아질 것이다.

겸손은 비난 받을 짓과 후회할 짓을 피해가게 한다. 결국 자신을 크게 힘들게 할 일이 없어지게 되며 그렇게 되면 삶이 대체로 만족스러워진다. 삶이 만족스러워질 때 그 순간이 바로 행복한 순간인 것이다.

남을 다스리기 전에

　　춘추 전국시대다. 초나라의 장왕이 어느 날 신하인 첨하에게 묻는다.

"나라를 다스리는 데는 어떻게 하는 것이 가장 좋겠는가?"

"저는 제 자신을 닦는 것은 알고 있으나, 나라를 다스리는 일은 잘 모르겠습니다."

그러자 왕은

"나는 나라를 다스리는 법을 알고 싶다고 물었다."

고 거듭 말하였다. 첨하도 거듭 이야기하기를

"저는 군주가 자기 자신을 잘 다스렸는데 나라가 어지러워졌다는 이야기를 들어본 적이 없습니다. 또 자신을 잘못 다스렸는데 나라가 잘 되었다는 이야기도 들어보지 못했습니다."

장왕은 이 이야기에 담긴 뜻을 알고 고개를 끄덕였다. 스스로 자기 자신을 닦는 일이 남을 다스리기에 앞서야 한다는 뜻이었다.

모든 사람은 누군가의 다스림을 받는 입장과 동시에 누군가를 다스리는 입장에 있다. 부대를 통솔하는 최고 지휘자부터 말단 병사까지, 또 가정에서는 가장으로서, 부모로서, 학교에서는 선생님으로서 선배로서, 사회에서는 연장자로서 각자 역할에서 보면 누군가를 다스리고 이끌어 가야하는 처지에 놓여있다.

그런데 다른 사람들을 이끌어가기 위해서는 계급과 힘 또는 돈만 가지고 다 되는 것이 아니라 존경과 신의가 따라야 조화롭게 잘 이끌어 갈 수 있다. 또 존경과 신의는 억지로 요구해서 되는 것이 아니라 자기 스스로 매일 매일 새롭게 만들어 나가야 한다.

하루하루 자신을 되돌아보고, 날마다 조금씩 자기를 고쳐나가다 보면 존경 받고 인정받는 지도자나 가장이 될 수 있고, 결국 자기 자신도 자신의 삶에서 만족을 구할 수 있다. 그러나 자기 자신을 잘 다스리지 못하면 존경과 신의 대신 갈등과 회피가 따르며 절대로 다른 사람들을 이끌어 갈 수 없다. 결국 자신을 따라주지 않는 남을 원망하고 서로 힘들게 만든다.

자기 자신을 잘 다스리기 위해선 반드시 먼저 자신을 잘 살펴볼 줄 알아야 한다. 바둑의 고수는 서너 수 앞을 내다보고 바둑을 둔다. 한 수 한 수 앞으로 어떻게 펼쳐질 지 잘 헤아려 보고 신중하게 판단한다. 마찬가지로 자기 자신을 잘 관찰하여 세심하고 면밀하게 알아차리게 되면 자신의 생각과 행동이 앞으로 어떻게 펼쳐질 지 미리 예측할 수 있게 된다. 그리하여 악업이 되는 것은 미리 피하고 선업이 될 수 있는 것은 더욱 힘쓰게 된다.

자신의 정신 수양은 삶에서 가장 중요한 부분이다. 잘 먹고 잘 사는 것도 중요하지만 살다 가는 것 잘 살다 가야 되는데 이왕이면 공부라도 해놓고 가야지 다음 번 삶의 출발이 더 수월해진다. 또 지금 이 생에서 다른 존재들과 조화로운 삶이 되기 위해서는 없어서는 안 될 요소이다. 자신을 잘 느끼고 잘 지켜보고 잘 알고 잘 이해하는 것, 이것이 바로 자신을 다스리는 길이다.

내 마음의 보디가드

얼마 전 예비군 훈련을 다녀왔다. 스님 신분이면서 소령으로 전역을 해서 부동대장 직함을 받았다. 그냥 있으면 되는 거라 해서 승낙했는데 절대로 그냥 있는 게 편안하지는 않았다.

훈련이 시작되면 영화처럼 교육내용을 보여준다. 처음 화면에 예비군의 모토가 보이는데 '내고장은 내가 지킨다.' 이다. 당연히 다른 누가 지켜주지는 않을 것이다. 이젠 멀리 피난갈 수 있는 것도 아니고 소중한 가족이 살고 있으니 목숨 걸고 지키지 않으면 안 될 것이다.

아무 것도 안 하고 그냥 있으니 갑자기 이런 생각이 든다. '나는 누구를 지켜주지.'

생각은 또 이어진다. 급할 때야 나라와 국민을 지키는데 동참한다지만 지금은 분명 내가 중요하게 지켜야 할 것이 있는 것 같은데 살면서 소홀히 하고 있는 것이 있다. 무엇일까?

아주 오래 전에 '보디가드'라는 영화가 상영된 적이 있었다. 전직 대통령 경호원을 지낸 사람이 유명한 여가수의 보디가드로 활약하는 내용이다. 그 영화의 한국 포스터에는 다음과 같은 보디가드의 3대 원칙이 적혀져 있다.

'시선을 떼지 말라.' '방심하지 말라.' '사랑에 빠지지 말라.'

경호를 제대로 하려면, 자신이 보호하는 인물에게서 시선을 떼어서는 안 될 것이며, 아울러 그 주변의 상황까지 한 치라도 방심해서는 안 될 것이다. 또한 경호해야 할 사람과 사랑에 빠지게 된다면 보디가드로서 갖추어야 할 냉정한 객관적 통찰과 판단을 잃게 될 것이다.

나의 직업은 마인드가드. 마음을 지키고 보호하는 일이 주된 일이다. 무슨 마음일까? 착한 마음, 때 묻지 않은 순수한 마음, 아니면 우주와 같은 마음?

나는 지금 이 순간의 마음을 지킨다. 있지도 않은, 얻지도 못한, 아직 오지 않은 마음은 지키지 않는다. 지금 앉아 있고 숨 쉬고 있고 밥 먹고 걷고 있는 이 마음을 지킬 뿐이다. 생각해 보니 지킨다기 보다는 지켜본다는 말이 더 옳을 것 같다.

살면서 우리는 수많은 정신적 전쟁을 겪는다. 실패와 좌절이라는 전쟁, 갈등, 실연, 우울, 허무감, 불안감, 배신, 강한 욕망 등의 전쟁의 내용과 그 순간의 고통, 그리고 후유증 등은 글로 다 표현할 수 없다.

한 가지 중요한 사실은 전쟁을 막고 전쟁이 나면 싸우기 위해 군인이 있듯, 우리 마음속의 전쟁을 막거나 싸울 수 있는 역할을 나 스스로 할 수 있어야 한다는 것이다. 마음속의 예비군, 마음속의 경찰과 군인이 있어야 하며 내 마음 밖에 이 역할을 대신 해주는 다른 것은 없다.

흔히 이러한 역할을 우리는 종교라는 것에서 쉽게 찾는다. 전쟁을 억제하고 평화를 실현한다. 종교는 마음속의 군인인 것이다. 종교와 함께 또 다른 방법이 있다면 나를 지켜보고 알아가는 명상일 것이다.

전쟁은 나지 않았지만 군인은 끊임없이 훈련한다. 잘 싸울 수 있는 능력이 한 순간에 얻어지는 것이 아니기 때문이다. 범죄자를 잡는 경찰도 평소 꾸준히 무술을 연마한다. 생각만 있다고 단숨에 무술의 고수가 되지 않기 때문이다.

정신적으로 자신을 지키는 것도 마찬가지다. 마음먹기에 달려있다고 하면서 그때 가서 단단히 마음먹으면 되겠지라고 쉽게 생각할지 모르지만 막상 어려움에 닥치면 깊은 절망감, 분노 외에 아무런 생각이 나지 않을 수 있다. 그렇기 때문에 명상이나 기도를 통해 우리는 평소 꾸준히 정신적 위험으로부터 자신을 지키는 연습을 해야만 한다.

　명상이나 기도를 수행함에 있어서도 자신만의 원칙을 가지는 것은 아주 중요하다. 사회에서 성공한 사람들의 생활을 살펴보면 나름대로의 삶의 원칙을 가지고 있다. 각자 바라는 바와 삶의 방식이 틀리기 때문에 자신만의 원칙을 만들어야 되는데 원칙은 자신을 지켜주는 가이드라인과 같다.

빌 게이츠와 아길라의 평등

대학을 중퇴한 지 32년 만에 하버드대학 졸업장을 손에 쥐고 빌 게이츠 회장은 졸업생들에게 세계의 불평등을 외면하지 말라며 다음과 같은 말을 한다.

"인간의 위대한 발전은 '발견' 그 자체에 있는 것이 아니라 그것을 통해 불평등을 줄일 수 있을 때야 비로소 오는 것이다. 기술의 발전은 부와 교육, 건강 등 다양한 불평등을 해소할 때 비로소 그 가치를 인정받을 수 있다."

빌 게이츠 회장은 이날 연설에서 "하버드대학 신문이 저를 '하버드 역사상 가장 성공적인 중퇴자'라고 표현한 것을 봤는데 이제야 비로소 이력서의 학위 칸을 채울 수 있게 돼 기쁘다."고 인사한 뒤 "대학 시절에 가장 아쉬웠던 점은 전 세계에서 일어나는 끔찍한 불평등에 대해 일찍 깨닫지 못한 것"이라고 하며 연설을 시작하였다.

필리핀의 영웅적인 대중가수 프레디 아길라는 '아낙'이라는 노래가 히트치기 시작하면서 무명에서 일약 세계적인 스타가 되었다. 1970년대 후반에 처음 이 노래를 부르기 시작했는데 지금까지도 무대에서 이 노래를 열창한다. 물론 이 노래 외에도 다양한 히트곡들이 있다. '아낙'이라는 노래는 세계적으로 유명한 가수들도 그 가사를 번역해서 노래를 불렀으며 아길라는 세계 여기저기 순회공연을 하게 된다.

얼마 후 미국으로 진출하여 마이클 잭슨이나 스티비 원더, 라이오넬 리치 같은 당대의 내놓으라 하는 거물 가수들이 활동하고 있을 때 빌보드차트 5위까지 올라가기도 한다. 그러나 이내 자신의 노래를 더 이상 할 수 없다는 생각에 미국을 떠나 다시 가난한 필리핀으로 되돌아온다. 그곳에서 한 빈민가에 정착하여 주민들과 어울려 살면서 새로운 노래의 영감을 얻는다.

"이곳은 문을 나와 보면 항상 사람들이 있습니다. 그러나 잘 사는 곳에는 문밖을 나와보면 도대체 사람 구경을 할 수 없어요. 이곳에서는 사람 사는 맛을 알게 되고 이것이 나의 음악적 모티브가 됩니다."

화재로 동네 학교가 없어지자 아길라는 자신의 집을 학교로 사용하게 해주었으며 20여 년이 흐른 지금까지도 그 학교의 운영을 도와주고 있다.

"이 아이들이 교육을 못 받아 미래 사회의 빈곤층과 소외계층이 되거나 사회 문제를 일으키게 되면 그때 가서는 더 많은 비용을 들여도 문제를 해결할 수 없습니다. 한 사회의 미래는 바로 아이들의 교육에 달려 있습니다."

아길라가 한참 인기를 누렸을 때는 마르크스 독재가 극에 달해 있었을 때였다. 당시 민주인사였던 아키노가 귀국하는 공항에서 암살당하자 '피플파워' 라고 불리는 필리핀 민주화 운동이 대대적으로 벌어졌고 그때 아길라가 대중의 선도에 서서 민주화운동을 이끌었다. 이 후 아길라는 필리핀 민중의 삶을 대변하는 국민가수가 되었다.

투쟁과 갈등의 세월은 끝났지만 프레디 아길라의 노래는 여전히 필리핀 사람들의 사랑을 받고 있다. 올해 58세인 그는 계속해서 술집 여자, 해외 이주노동자, 감옥에 갇힌 이들의 아픈 삶을 노래하고 어루만지고 있다.

빌 게이츠라는 사업가와 프레디 아길라라는 예술가의 삶을 잠깐 예로 들어보았다. 이 두 사람은 전혀 다른 방식의 삶을 살아가고 있다. 그러나 한 가지 공통된 것이 있다. 한 사람은 기술문명이 인간의 불평등 해소를 위해 사용되어져야 한다고 역설하고 또 한 사람은 예술을 통해 불평등의 해소를 추구하고 산다.

실제로 이 두 사람은 자신들의 주장을 구호만이 아닌 실천으로 옮기며 살아왔다. 그리고 오랫동안 사람들의 존경도 함께 받아왔다.

한국에서는 존경 받는 기업인이나 연예인이 좀처럼 없다. 기업인들은 온갖 편법을 동원하여 재산을 모으고 또 자식에게 그 재산을 물려주려 하기 때문에 지탄의 대상이 되기 일쑤고 눈앞의 인기와 수입에 눈멀어 상업적인 활동에만 급급해 있는 연예인들도 그 인기를 오래 유지하지 못하고 있다.

누구를 탓하기에 앞서 우선 존경받는 사람들의 삶의 방식에 좀 더 관심을 가지는 것이 더 의미있을 것이다. 앞서 이야기한 사람들은 자신들의 능력을 불평등 해소라는 큰 사회적 문제 해결에 사용하고 있다. 결국 자기 개인만의 이익과 즐거움으로 끝나지 않고 만인의 이익과 즐거움에 관심을 가졌다는 것이다.

석가모니 부처님은 깨달음을 얻고 나서도 예전처럼 음식을 빌어먹고 나무 밑이나 동굴 같은 곳에서 밤을 보냈다. 중생들의 생각으로 보면 보다 더 좋은 조건에서 가르침을 펼 수 있었을 것인데 왜 사서 고생을 하셨는지 이해가 안 갈 수도 있을 것이다. 아니면 모든 욕심을 버린 분이기 때문에 그렇게 살았을 것이라고 그냥 생각하고 넘어갈 것이다.

부처님이 고급스런 사찰에서 찾아오는 사람들만 만났다면 아마 석가모니라고 하는 인물은 그 시대에만 반짝 하고 사라져 오늘 날 우리들에게까지 그 영향을 미치지 못했을 것이다. 거친 음식과 불편한 숙소, 그리고 매일 가까이에서 만나는 일반 대중들 속에서 그는 스스로 자신과 남을 차별하지 않았다. 오히려 가장 낮은 곳에서 가장 낮은 생활 방식을 고집하며 더 편하게 살고 있는 다른 사람들에게 기본적으로 힘이 되어주었다.

물질적 조건과 상황은 어쩔 수 없이 불평등할 수 있다. 그러나 자신을 알고 각자의 상황에서 평온한 마음으로 잘 살고자 하는 데에는 불평등이 있어서는 안 된다. 모든 인간은 행복해지고 싶어하기 때문이다.

여러 형태로 인간의 불평등 해소를 위해 노력하게 되면 삶에 대한 더욱 강한 의욕과 자극이 생겨난다. 이런 의욕과 자극은 결국 자신을 더욱 열심히 살게 만든다. 남을 위한 봉사에 투철한 사람들이 더욱 자신의 삶을 열심히 사는 것과 같다.

수행도 자신만을 위한 수행을 할 때는 오래 지속하지 못한다. 수행을 꾸준히 끌고 가게 해주는 믿음이나 열정이 삭아들기 때문이다. 다른 사람들과의 관계 속에서 자극 받고 도움을 주면서 수행할 때 그 수행은 더 큰 힘을 받는다. 선교활동하는 분들이 적극적 선교를 통해 자신의 신앙심이 더욱 강해지는 것과 같다.

지금 이 순간 잠시 수행의 열정을 잃어버렸다면 주위를 한 번 잘 살펴보기 바란다. 나만의 세계에서 벗어나 더 많은 사람들의 삶을 잘 바라보면 나에게 또 다른 창조적인 영감을 안겨다 줄 것이다.

수행의 시작은 자기 절제로부터

어느 원로 교수와 허심탄회하게 이야기 할 기회가 있었다. 그 교수님은 많은 분들이 알아주시고 인정해주시는 분이셨다. 그리고 인간적으로 솔직하고 꾸밈없는 분이기도 하셨는데 나에게 뜻밖의 이야기를 하셔서 새삼 놀랐다.

그 분은 얼마 안 있으면 환갑을 바라보는 나이였는데 나이가 들수록 더욱 성욕이 강해지셨다는 것이다. 남들이 보기에는 그 분이 그런 생각을 전혀 가지지 않을 것같은 외모와 나이 또 학식을 가지고 있는데 실제 그분의 내면적인 모습은 끊임없는 욕망의 유혹과 시달림에 괴로워하고 계셨다. 부인은 이미 폐경기를 훨씬 넘어 그 교수님을 감당하기에는 많은 한계를 가졌고 그러다보니 다른 여자들에게 자꾸 눈이 가고 예쁜 학생들을 보면 마음에 불이 후끈거린다고 한다.

어찌보면 인간이 가진 당연한 감정일 수도 있다. 그리고 성자가 아닌 이상 그러한 욕망을 제어하거나 제거한다는 것이 무척 어렵다는 것은 누구나 다 인정하고 있다. 또 그 교수님은 솔직히 자신의 내면을 표현하셨지만 다른 남성들도 나이나 지위, 직업에 상관없이 그러한 감정과 생각을 가지고 있지만 다만 표현하거나 외부로 표출시키지 않은 뿐이다.

문제는 누구나 그러한 감정을 다 가지고 있는데 어떻게 잘 절제하고 자기를 잘 다스리는가에 있다. 우리는 많은 사람들 속에 살면서 다른 사람들을 의식하며 살기 때문에 함부로 내 마음대로 하지 못한다. 자기 스스로 절제하는 부분도 있지만 남들이 나를 의식하기 때문에 함부로 외부에 표출하지 않는 부분이 더 많다.

아마 혼자 있게 된다면 아무 거리낌 없이 행하는 부분도 있고, 예비군복이나 가면을 통해 자신의 신분이 가려지게 되면 표현되는 경우도 있다. 또 인터넷 채팅에서도 자기의 신분이나 모습을 보여주지 않고 이야기하기 때문에 자신의 솔직한 감정을 표현하기도 한다.

또한 걱정스런 부분은 우리는 우리 자신을 잘 절제하고 살지 못한다는 것이다. 사회적으로 어느 정도는 용납되고 있는 부분도 있다. 음식이나 술, 담배, 도박, 오락 등 너무 심하면 해롭다는 것을 알고 있지만 이 중에 어느 하나는 해당되어 사회적인 용납 속에 자신을 절제하지 못하고 스스로 노예가 되는 부분이 있다.

자기 스스로 절제할 힘이 부족하기 때문에 우리는 또한 많은 위험에 노출되어 있기도 하다. 혹시 주위 여건이 나를 절제할 수 없는 상황이 되었을 때 한 번의 실수로 평생을 후회하는 일이 생길 수가 있기 때문이다.

명상의 역할을 불교용어를 빌어 표현하자면 사정근四正勤 수행법이라 말할 수 있는데, 악이 생기기 전에 미리 막고, 이미 생긴 악은 빨리 없애려 노력하고, 생기지 않은 선은 어서 생기게끔 노력하고, 이미 생긴 선은 더욱 증장시키려고 노력하는 것이다. 항상 자기 자신을 점검하고 알아차리려고 노력하여 번뇌가 생기지 않게 하고 생긴 번뇌는 싸워 무찔러 무력화 시킨다. 또 힘들면 다른 건전한 일에 집중하여 번뇌를 떨치고 선행과 공부를 통해 좋은 마음이 일도록 노력하면 도덕적으로 남에게 지탄을 받거나 스스로 괴로워하지 않을 수 있다.

건조한 가을, 조금만 부주의하면 산불이 나서 많은 산림 훼손과 재산 피해를 내고 있다. 그것을 미연에 방지하기 위하여 웬만한 산 위에는 산불감시원이 항상 감시를 하고 있다. 감시하고 있다고 해서 산불이 안 나는 것은 아니지만 산불이 발생했을 때 초기에 발견하여 재빨리 대응하면 큰 불은 막을 수 있다. 마찬가지로 우리 마음속의 번뇌의 불도 항상 잘 감시하여 불이 생기지 않도록 노력하고 번뇌의 불이 발생했을 때는 재빨리 노력하여 번뇌의 불을 끄도록 노력한다면

번뇌의 노예가 되지 않아 건전하고 도덕적인 생활을 영위할 수 있을
것이다.

　자신 스스로 자기를 감시한다는 것이 어렵다면 보이지 않지만 누군
가가 나를 지켜주고 보호하고 있다고 생각해보라. 친구나 스승, 성
인이 옆에서 나를 지켜보고 있다고 마음을 먹어보라. 연단 위에 올랐
을 때 많은 대중이 나에게 시선을 두듯 보이지 않는 수많은 눈들이 나
를 지켜보고 있다고 여겨보라. 내가 세상의 중심이며 온 세상이 나를
향하고 있다고 마음을 만들어보라. 또 다른 시각으로 나를 보게 될
것이다.

싸우지 않고 사는 법

모 군부대에서 교육을 받을 때이다. 두 달 동안 목사, 신부님들과 함께 동고동락하는 처지였는데 아무리 좋은 것이라 해도 교육을 받는다는 것은 피곤하기 짝이 없었다. 그래도 매일 방과 후 서로 팀을 짜 축구를 하게 되었는데 교육 중 가장 큰 즐거움이었다.

전에는 축구하는 사람들을 보면 왜 저렇게 힘써가며 둥근 공 하나 가지고 땀을 뺄까 하는 생각이 지배적이었지만 막상 본격적으로 해보니까 참으로 재미있는 스포츠다. 축구화라는 것을 처음 신어보았고 무릎보호대도 착용해보았다. 무관심할 때는 나하고 상관없는 것들이었지만 지금은 소중한 생활용품에 포함된다.

교육 중 부여받은 번호를 홀, 짝수로 나누어 편을 짜기도 하고 큰 수와 작은 수로 나누어 편을 만들었다. 다른 과정하고 친목 시합도 하고 교관과 학생으로 나누어 내기 시합도 했다. 골고루 섞여가며 했기에 짧은 시간이지만 운동을 하면서 서로에 대해 너무나 잘 알게 되었고 같이 근무하는 분들보다도 더 친밀감이 느껴졌다.

프랑스에서 목장을 경영하는 어떤 사람이 비슷하게 생긴 씨말 네 마리를 샀다. 이 말들은 힘도 좋고 씩씩하게 생긴 말들이었다. 그런데 이놈들은 서로 붙어있기만 하면 싸우고 소동을 일으켰다. 같이 나란히 잘 있어야 마차에 묶어 활용할 수가 있는데 각자 다른 방향으로 도망가려 하고 전생에 무슨 원한들이 있었는지 아무리 해보아도 이놈들을 사이좋게 할 수가 없었다.

목장 주인은 할 수 없이 수의사에게 도움을 청하게 된다. 부탁을 받은 수의사도 나름대로 이런 저런 궁리를 해보고 해법을 찾아 많은 노력을 해본다. 그러던 어느 날 한 가지 실험을 하게 되었다.

그 네 마리 말들을 칸막이가 되어있는 마구간에 나란히 묶어두고 칸막이에는 커다란 구멍을 내놓았다. 그리고 그 구멍에 장난감들을 매달아 놓았다. 그 장난감들을 통해 이웃한 말들과 같이 장난을 치게 하려는 의도였다.

장난감은 주둥이 끝으로 돌릴 수 있는 작은 바퀴도 있고 말굽으로 쳐서 한 쪽 칸에서 다른 칸으로 넘길 수 있는 공도 있었으며 끈에 매달아 놓은 알록달록한 기하학적인 형태의 물건들이었다고 한다. 또

주기적으로 말들의 위치를 바꿔 네 마리 말들이 골고루 친해질 수 있도록 하였다.

한 달이 지나자, 네 마리 말들은 서로들 너무나 친밀한 사이가 되었고 함께 마차 끄는 일을 마치 놀이하듯 사이좋게 수행할 수 있었다고 한다. 결국 놀이라는 것을 통해 서로간의 벽을 허물고 서로 의지할 수 있는 관계로 변해버린 것이다.

사람들이 놀이나 스포츠에 열광하는 이유는 이것들을 통해 불안한 마음 상태를 해소하고 강한 자신의 존재를 인정받고 싶어하는 심리에서 비롯한다고 한다. 또한 이러한 것을 같이 수행할 때 더욱 동질감을 가지게 하고 갈등을 해소시키는 역할을 하기도 한다.

월드컵 기간 동안에 한국은 엄청난 축구 열기에 휩싸여 있었다. 가는 곳마다 온통 축구 이야기이고 나라 안과 밖이 온통 축구에 관심이 쏠려 있었다. 이때만큼은 정치적인 성향이나 지역, 종교 그리고 각자의 이해관계를 떠나 우리나라 팀이 이겼으면 하는 한 마음으로 온 국민이 마음속으로 기원하였다. 월드 베이스볼 야구시합이 있던 때도 마찬가지 상황이었다.

이러한 순간을 경험하면서 우리는 서로 하나가 될 수 있다는 가능성을 확인하게 된다. 현실은 각자 자신들의 방향으로 달려 나가려 하고 만나면 싸우기 급급하다. 각자 자신들의 길만이 옳고 자신들만이 살아남아야 하며 자신들의 생각을 따라야 한다는 논리가 지금 우리 세상을 지배하고 있다. 이러한 논리를 가지면 결국 끊임없는 갈등과 괴로움이 이어질 뿐이다.

하지만 서로의 벽을 없앨 수 있는 훌륭한 유희의 도구가 있고 지속적으로 많은 기회를 접하게 하면 인간들도 말들처럼 싸우지 않고 사이좋게 지내는 날이 찾아올지도 모른다.

놀이와 운동이라는 단순한 것들을 통해 우리는 순수해짐을 배운다. 목표가 같아서가 아니라 그 순간 같은 마음이 되었기에 그 자체만으로 서로를 구분하는 벽이 없어진다. 목표와 목적지는 틀려도 상관없다. 가는 길에 서로를 인정해 주고 같이 노력하고 있다는 그 마음을 서로 알아줄 때 우리는 같은 마음이라는 확신을 가진다.

명상원 회원 중에는 공교롭게도 여러 종교인들이 있고 다른 종교의 수행자도 있다. 명상이 마치 불교의 전유물인 것처럼 생각하는 사람들도 있는데 명상은 인류가 행복해질 수 있는 공통의 도구며 정신적 유희이다. 그 누구든 각자의 방법대로 또 각자의 목표대로 행복해지고 정신적 순수함을 위해 노력하면 되는 것이고 각자 자신들의 명상이 따로 있다. 목표나 방법이 아니라 그들이 열심히 노력하고 있다는 것을 보아야 하며 같이 노력한다는 마음이 통할 때 서로에게 힘이 되고 조력자가 되어줄 수 있다.

마차는 아무리 힘이 좋아도 혼자 끄는 것보다는 네 마리의 말이 끄는 것이 더 빠르고 오래 달릴 수 있다.

자신을 코칭하라

요즘 인기있는 자기 계발이나 리더쉽 프로그램 중에 '코칭'이라는 것이 있다. 코칭이란 스스로 잠재적인 능력을 일깨우고 지속적인 발전을 가져오도록 도와주는 관계 및 행위를 말하는데 쉽게 말해 열심히 하도록 격려하고 조언해 주는 것을 말한다. 개인의 능력을 더 극대화시키기를 바라는 사람이나 조직에서 많은 사람들을 이끌며 더 나은 성과를 기대하는 사람들에게 효과적인 기법이라고 한다. 해결책을 제시해 주는 것은 아니지만 목표 달성을 할 수 있게끔 격려하고 촉진시키는 역할을 한다. 코칭을 잘 설명해 주는 한 예화가 있다.

테니스를 지도하는 코치가 선수들에게 항상 공을 똑바로 쳐다보라고 매 훈련 때마다 강조하였다고 한다. 그러나 막상 연습에 들어가거나 시합에서는 좀처럼 공을 잘 보지 못했다고 한다. 어느 날 코치는 한 선수에게 물었다.

"공이 네트를 넘어올 때 어떤 방향으로 회전하였는가?"

질문을 받은 선수는 제대로 보지 못하였기 때문에 딱히 대답할 수 없었다. 질문의 답을 제대로 못하자 코치는 선수를 나무랐고 선수는 별로 기분이 좋지 않았다. 그런데 그 다음 연습 때부터는 그 선수가 공을 제대로 쳐다보고 있음에 코치는 새삼 놀랄 수밖에 없었다. 그렇게 공을 쳐다보라고 해도 별 효과가 없었는데 어떤 방향으로 회전하는가라는 물음에 선수들이 금방 공을 쳐다보고 있다는 사실을 깨닫게 된다.

이 사실을 통해 그 테니스 코치는 어떻게 지도를 하느냐에 따라 사람의 잠재 능력을 일깨울 수도 있고 그렇지 않을 수도 있다는 것을 알게 되었다고 한다.

앞의 예화처럼 적절한 조언과 힌트 등으로 문제 해결이나 자신의 능력을 잘 계발시키도록 도와주는 기법 등이 코칭인데 이 코칭은 운동이나 사업, 공부에만 해당되는 것이 아니라 생활 전반적인 부분에 다 도움이 될 수 있다.

가령 명상에 이 코칭 기법을 접맥시킨다면 명상을 배우는 사람들이 혼동하지 않고 더 빨리 명상기법을 터득하게 될 것이다. 또 가정에서 자녀들의 공부를 지도할 때 아주 유용하게 활용할 수 있을 것이다.

명상원에서의 경험을 한 예로 들어보겠다. 보통 호흡 명상을 할 때는 들이 쉬는 호흡과 내 쉬는 호흡을 잘 지켜보거나 잘 알도록 하였다. 그러나 호흡을 단지 지켜보고 알기만 한다는 것은 일반 사람들에게 그리 쉬운 것은 아니었다. 호흡뿐만이 아니라 몸의 느낌이나 마음의 상태를 지켜볼 때도 마찬가지였다.

그러나 질문의 방식을 바꾸어서 들이 쉴 때는 어떤 특성이었는지, 또 마음의 상태를 지켜볼 때 순간순간의 특성이 어떠했는지에 대해 묻자 명상을 수행하는 분들이 좀 더 면밀히 순간순간의 상태를 지켜보려고 애쓰게 되었다.

굳이 매 순간순간을 지켜본다는 것이 어떠한 것이라고 말로 설명하지 않아도 적절한 질문만으로 충분한 설명을 대신한다거나 그 이상의 효과를 가져올 수 있다는 것을 직접 확인하게 되었다.

혼자서 수행을 하거나 기도를 할 때도 접근 방법을 바꾸어 보았다. 그냥 집중하거나 지켜보려는 대신에 그때 주의해서 주시해야 할 것 혹은 주도적인 마음의 특성 등이 어느 방향으로 작용하는지를 헤아려 알면서 수행하니까 집중력과 정신력 그리고 자각 능력이 더 극대화 되고 있음을 알게 되었다.

화두 참선에서는 의심과 분발심을 활용한다. 스승이 제자에게 어떤 수행의 주제를 주고 제자로 하여금 의심과 분발심이 지속되도록 점검하고 격려해 준다. 아마 코칭 기법으로 본다면 가장 전형적인 코칭의 사례가 아닐까 한다. 코칭이 일반적인 조언과 다른 것은 도움을 주되 큰 틀에서 어떤 방향성을 가지고 지속적으로 이루어진다는 것이다. 이 부분은 수행을 지도하는 방식과 거의 일치한다.

누군가 자신을 코칭해 주는 사람이 있다면 절반을 성공한 셈이다. 돈을 들여 일부러 코치를 찾는 사람이 있을 것이고 아니면 살면서 우연히 스승 같은 인연을 만나 전반적인 삶에 대해 코칭을 받고 사는 사람도 있을 것이다.

그러나 가장 중요한 것은 '셀프 코칭' 즉 스스로 자신을 코칭하는 것이다. 남이 나에 대해 분석해 주기 전에 항상 자신의 내적인, 외적인 현재 상황을 잘 알고 있고 이러한 것을 바탕으로 자신이 올바른 방향으로 잘 가고 있는지, 그리고 어떤 모습으로 가고 있는지를 알아야 한다. 할 수 있다면 더 구체적으로 들어가 생활 요소요소에 대해 적절한 코칭 기법을 활용해 본다. 가정 일에 대해, 직장에 대해, 자기 자신에 대해, 주변 인간관계에 대해, 공부나 업무에 대해서 등 막연히 흘려보냈던 것들에 대해 다른 시각으로 접근해 보고 각각의 분야에서 가장 좋은 성과를 얻어낼 수 있도록 점검해 보아야 할 것이다.

분명히 실행해 본다면 좋은 결과를 체험할 것이다. 그러나 자기 자신을 코칭하기 위해서는 자신을 자각하는 능력이 꼭 필요할 것이라는 것을 명심해야 한다.

행복은 배울 수 있는가?

남편이 대학교수인 한 중년의 부인이 남편 흉을 본다. 도대체 남편하고는 대화가 안 된다나!

자신은 TV 연속극을 사랑한다고 고백 한다. 그래서 남편과 대화도 할 겸 식사 시간 중에 연속극 이야기를 꺼낸다고 한다. 그러나 남편은 연속극 이야기를 들을 때마다 얼굴을 찌푸리거나 딴청을 피워 미워죽겠다고 하소연이다.

"남편과 대화로 '대화' 문제를 풀어보시지 않으셨나요?"

이렇게 묻자

"저희 남편은요, 항상 지적인 대화를 원한다고 그래요. 실제 상황도 아닌 남의 이야기는 쓸데없이 무엇 하냐고. 시간 아깝게"

"맞는 말 같은데요?"

"아니 어떻게 항상 지적인 대화만 하고 살아요. 가정주부가 뭐 도인이나 철학자도 아니고 매일 집안일 하고 자식들 뒷바라지 하느라 정신도 없는데, 연속극 이야기 하다보면 스트레스가 그래도 풀리는데 남편이 그 정도 하나 들어주지 못하나요? 저녁 때 피곤한데 뭐 딴거 할 게 어디 있어요. 그냥 텔레비전만 보고 있으면 재미있는데. 난 저녁에 연속극 볼 때가 제일 행복 하더라."

각자 행복해지는 방법은 참으로 다른가 보다. 단순하게 행복해지는 사람들도 있고 또 복잡하게 행복해지는 사람도 있으니 말이다. 어쨌든 행복의 맛은 같을 것이다.

우리는 배움을 통해 더 좋은 행복의 조건을 얻을 것이라 믿는다. 그래서 배움은 노년에 이르기 까지 이어지기도 한다. 그런데 가만히 살펴보면 배움과 행복은 꼭 비례하는 것 같지는 않다.

배울수록 또한 만족의 수준이 높아지고 행복의 입맛이 변하기 때문이다. 배움이 행복한 삶에 큰 기여를 한다는 사실은 분명하다. 그러나 절대적으로 행복한 삶에 이른다는 생각은 버려야 할 것이다.

지금 이 순간을 즐기는 기술은 배움이 필요 없기 때문이다.

도와주지 못한다면
차라리 기도라도

청주에 갔다가 대구 지방에 강의가 있어서 고속버스를 이용하게 되었다. 버스가 자주 있는 편이 아니라 표를 끊고 버스에 가까운 대기석 의자에 앉아 30여 분 동안 출발 시간이 되기를 기다렸다. 경상도 사투리를 쓰시는 한 할머니가 딸인 듯한 젊은 여인과 내 옆자리에 앉아 그동안 못 나눈 대화가 많은 듯 내내 잠시도 쉬지 않고 서로 말을 주고 받았다. 눈을 감고 가만히 들어보니 딸인 듯한 여인이 남편과 시어머니에 대한 이야기, 자식들 이야기로 열을 올렸고 어머니인 듯한 할머니는 나름대로 삶의 요령을 알려주시는 듯했다.

버스 출발 10분 전 잠시 화장실에 들렀다가 버스에 올랐다. 자리에 앉아 다시 출발시각을 확인해 보았다. 그리고 창 밖을 보니 대합실에서는 내내 그 할머니와 딸이 더욱 정겹게 이야기를 나누고 있었다. 버스 출발시간이 되어 막 문을 닫으려 할 즈음 그 할머니와 딸이 서둘러 버스에 올랐다. 대화에 빠져 버스 시간도 잊어버린 듯 했다. 짐이 여러 개라 딸이 짐을 들어주었고 둘은 버스 안에서 아쉬운 작별인사를 나누었다.

피곤함이 몰려와 버스가 떠나자마자 나도 모르게 잠이 들었나 보다. 얼떨결에 그 할머니의 목소리가 들려와 눈을 떠보니 버스는 대전 근방을 지나고 있었다. 30분 정도 잠이 든 것 같다.

"아저씨, 잠깐 서주면 안 될까요? 나, 너무나 오줌마려운데. 네?"

애절하게 다시 한 번 버스기사님께 사정을 하신다. 따님하고 이야기하다 보니 급하게 버스에 올라 미처 화장실을 다녀오지 못하신 게 분명하다. 내 바로 앞쪽에 할머니가 앉아 계셨고 할머니의 좌석은 앞에서 두 번째였기 때문에 기사님 귀에 할머니 목소리가 안 들릴 수 없었다. 그러나 매정한 기사님은 못 들은 체 그저 운전만 하고 계셨다.

출발한 지 얼마 안 되서 휴게소에 들르는 경우는 응급상황을 빼곤 극히 드문 일인데 아마 가까운 휴게소에 다다르면 잠깐 쉬어갈 수도 있을 것이라 생각했다.

대전을 지나 옥천 휴게소가 보였다. 그러나 기사님은 가는 길이 더 급하셨던지 그냥 휴게소를 지나쳐 버렸다. 이제나 저제나 휴게소 가기만 눈빠지게 기다리던 할머니의 얼굴이 찌그러지기 시작했다.

"기사님, 휴게소 안 들러요? 나 오줌마려 죽겠는데요!"

할머니는 다소 절박한 목소리로 더 크게 기사님께 애원하였다. 그러나 이번에도 기사님은 전혀 못들은 체 그저 묵묵히 앞만 보고 운전하셨다. 보통 고속버스 기사님들은 단골 휴게소가 정해져 있다. 거리상, 시간상 휴식이 필요할 시점에 자주 들르는 휴게소에 정차한다. 때문에 웬만하면 다른 휴게소에 잘 들르지 않는다.

다음은 얼마 안가 금강휴게소가 있으니까 그곳에 가면 정차할 거라는 생각이 다시 들었다. 그동안 할머니는 소변을 참기가 괴로운 듯 머리를 앞좌석에 기대고 꼭 눈을 감고 계셨다. 그러나 이번에도 기사님을 휴게소에 들르지 않으셨다. 그리고 그 다음 추풍령 휴게소도 무정차 통과하셨다. 휴게소를 그냥 지나칠 때마다 할머니는 왜 휴게소에 안 서느냐고 고함을 치셨고 기사님은 아랑곳하지 않고 그냥 달리기만 하셨다.

할머니의 얼굴이 너무나 고통스러워 보였다. 앞에 가서 기사님에게 대신 부탁을 드리고 싶었지만 내가 말해도 안 들을 분 같아서 그냥 그 상황을 바라보기만 하였다. 나뿐만 아니라 주위 사람들도 내심 마음이 편치 않았다. '저 할머니 얼마나 괴로우실까'

가장 가까이 있던 나는 할머니를 위해 사랑의 마음주기 명상을 시작해 보았다. 직접적인 도움을 주지 못한다면 마음만이라도 할머니를 도와주고 싶었다. 눈을 감고 간절히 할머니를 생각하면서 그 할머

행복한 수행

니가 괴롭지 않기를 반복해서 염원하였다.

한참 동안 명상을 하고 있는데 드디어 버스에서 정차 안내 방송이 나왔다. 눈을 떠보니 칠곡휴게소였다. 참으로 한참을 그 할머니는 소변을 참으신 거다. 버스 문이 열리자마자 얼른 화장실로 빠르게 향하신 그 할머니는 얼마 후 편안한 얼굴로 간식거리를 사들고 버스에 오르셨다. 할머니의 편안하게 웃는 얼굴을 보니 그제야 내 마음도 더불어 편안해졌다.

내 기도가 할머니에게 힘이 되었는지는 모르겠다. 그러나 일단 기도하고 있는 동안 나름대로 그 할머니를 돕고 있다는 생각에 내 마음도 편할 수 있었고 그리고 저절로 절실히 명상이 진행되었기 때문에 한참동안 강한 집중의 상태를 유지할 수 있었다.

도움을 줄 수 있다면 그것이 최선이다. 그러나 상황에 따라 직접 도움을 주지 못한다면 마음만이라도 도움을 주도록 해보자. 내 마음의 기운이 전달되어 작은 응원의 힘이 되어줄 수도 있고 나 또한 그 상황을 이용해서 훌륭한 명상을 수행할 수 있기 때문에 불편한 순간이 유익한 순간으로 바뀌게 된다.

왜 도와주지 않았을까?

오래 전 일인가 보다. 지하철을 타고 갈 때였다. 열차는 용산역에 정차한 후 좀처럼 출발하지 않았다. 사고가 난 것은 아니었고 신호대기 문제로 3분 정도 출입문을 열어 놓고 있었다. 손잡이를 잡고 서서 무슨 열차가 이렇게 오래 손님을 기다리나 이 생각 저 생각이 이어지고 있을 무렵 무심코 출입문 밖을 보게 되었다.

술 취한 중년의 남자가 열차 옆쪽 플랫폼 가운데 있는 의자에 앉아 깊은 잠에 빠져 있었다. 너무 술이 취해 분명 자신이 지금 어디에 있는지 전혀 알지 못했을 것이다. 무슨 중요한 것이 들었는지 모르지만 검은 색의 가죽으로 된 서류 가방을 꼭 끌어안고 침까지 흘려가며 곤히 주무시고 계셨다. 그런데 이 아저씨의 몸이 점점 옆으로 조금씩

행복한 수행

기울어져가고 있었다.

술이 취하지 않았더라도 버스나 기차에서 깊이 잠들면 간혹 옆으로 기울어지는 것은 흔히 있는 일이다. 옆에 다른 의자들이 비어있어 속으로 생각하기를 '저 아저씨는 이제 길게 누워 자겠구나.' 하고 생각을 할 때였다. 몸이 완전히 기울어져 옆 의자에까지 머리가 닿을 무렵 손에 들고 있던 서류 가방이 밑으로 떨어졌다. 서류 가방은 지퍼가 닫혀 있지 않아서 거꾸로 바닥에 떨어지자마자 이런 저런 내용물들이 쏟아져 나왔다.

나뿐만 아니라 그 열차에서 그 쪽 방향을 쳐다보고 있었던 수많은 사람들도 이 광경에 시선이 모두 집중되어 있었다. 누군가 그 아저씨를 깨우거나 소지품들을 다시 챙겨 가방에 넣어 주었으면 하는 생각이 들었지만 언제 출입문이 닫힐지도 모른다는 생각과 누군가 지나가는 다른 사람들이 해주겠지 하는 생각에 그냥 바라보기만 했다.

그때 건너편 쪽에 일반 기차가 빠르게 지나갔다. 그러면서 많은 바람이 함께 따라왔는데 이 강한 바람은 안타깝게도 그 아저씨 가방에서 나온 많은 서류와 소지품들을 여기저기로 날려 보냈다. 그 아저씨는 이러한 상황도 모른 채 정신을 잃고 축 늘어진 자세로 자고 있을 뿐이었다.

이 순간 갑자기 마음이 무거워지기 시작했다. '저 아저씨 내일 아침 되면 얼마나 허탈하고 후회 막심할까? 분명 저 서류들은 중요한

것들일 텐데…….' 처음 생각이 들었을 때 가서 챙겨주었어야 하는
데 머뭇거리다가 그 기회를 놓쳐 불편한 마음이 내내 떠나지 않았다.

얼마 후 열차는 출발했지만 그 광경을 보고 있었던 많은 사람들도
아마 나와 같은 생각에 마음이 편치 않았을 것이다. 아니면 도와주고
싶었지만 많은 사람들의 시선이 부담스러워 그렇게 하지 못한 것일
수도 있을 것이다. 나 또한 그 당시는 그런 느낌을 가졌기 때문이다.

1964년 어느 날 뉴욕 주 퀸스 지역에서 참으로 가슴 아픈 살인 사
건이 벌어졌다. 새벽에 귀가하던 캐서린 제노비스라는 여인이 한 젊
은 남자에게 자신이 살고 있는 아파트 앞에서 살해된 사건이다. 범인
은 이 여인을 성폭행하려고 이런 범행을 저질렀다. 그런데 이 사건이
유명하고 많은 사람들의 가슴을 아프게 한 것은 주위에 수많은 목격
자들이 있었던 상황에서 벌어졌기 때문이다.

차에서 내리자마자 수상한 사람이 있어 제노비스라는 여인은 재빨
리 경찰 호출버튼을 누르려 하였으나 범인이 등 뒤에서 칼로 찔렀다.
그러자 그 여인은 칼에 찔렸고 도와달라고 자신이 동네 사람들에게
소리를 질렀다. 이 소리에 여기 저기 집들이 불이 켜지고 사람들은
무슨 일인가 창 밖을 내다보았다. 젊은 아가씨가 덩치 큰 남자에게
칼에 찔려 쓰러져 있는 것을 보고 있었지만 누구 하나 그 상황에 개
입하려 들지 않았다. 많은 사람들이 보고 있자 범인은 그 자리에서
도망치는 듯하였다. 그 여인은 여러 군데 칼에 찔린 상태로 가까운

건물이 있는 곳으로 가 쓰러졌다. 그러자 주변 아파트 창문의 불빛은 다시 꺼졌고 불이 꺼지자 범인은 이내 다시 와서 제노비스를 또 칼로 찌르기 시작했다. 이 여인은 다시 살려달라고 비명을 질렀고 아파트의 불빛은 다시 켜지기 시작했다. 이 살인 사건은 35분 가량에 걸쳐 일어났지만 그 사이 누구 하나 자신의 이웃이 죽어가고 있을 때 경찰에 연락하는 사람은 없었다.

이날 이 살인사건을 구경한 사람들은 38명이나 되었다고 한다. 결국 이 사건은 언론의 보도로 유명해졌고 아무런 도움을 주진 않은 38명의 도덕성 문제로 온 나라가 떠들썩하게 되었다.

과연 이들은 왜 아무런 조치도 취하지 않았을까? 이 사건을 계기로 많은 심리학자들이 그 원인을 밝혀보려 이와 비슷한 상황에 대해 연구하기 시작하였다. 한 학자의 실험에 의하면 여러 사람이 같이 있는 상황일 경우 어려움에 빠진 사람에게 도움을 주는 경우가 31퍼센트 밖에 되지 않았다고 한다. 반면에 혼자 있을 때는 85퍼센트의 사람들이 즉각적인 도움을 주었다고 한다. 이 실험을 통해 그 학자는 남을 돕는 행위가 주변에 있는 다른 사람들의 숫자와 상관이 있다고 하였다.

또 한 가지 사실은 도움을 주지 않은 사람들도 관심이 없어서가 아니라 끊임없이 도움을 줄 것인가 말 것인가 갈등을 하고 있었다는 것이다. 그리고 이러한 갈등 속에 자신들도 괴로움을 느꼈다고 한다.

어쨌든 이러한 상황에 대해 여러 가지 학설들이 제기되었다. 그러나 한 가지 분명한 것은 대중 앞에 나서는 것에 대한 부담감이 크게 작용한다는 것이다. 다른 구경꾼들이 있다는 사실이 남을 돕는데 큰 장애가 될 수 있다는 것이다.

인생은 모를 일이다. 살면서 우리는 이와 같은 경우를 다시 또 만날 지도 모른다. 내가 도움이 필요할 때도 있고 아니면 다른 사람을 도와주어야 할 때도 있을 것이다. 다행인 것은 남을 도와주어야 되는데 갈등 속에 도움을 주지 못해 괴로워했던 적이 있었다면 다음번에는 즉각적으로 도움을 주게 된다는 실험 결과도 있었다.

나 또한 그날 이후 도움을 줄 상황이면 주변을 의식하지 않고 도움을 준 적이 여러 번 있었다. 백 마디 말보다는 한 번의 경험이 큰 영향을 미친 것이다. 아마 이 글을 읽고 있는 사람들에게도 간접적인 경험이 될 것이다. 그리고 만약 그러한 상황에 처하게 된다면 행동을 취하기가 더 빠를지도 모른다. 이와 같은 사실은 실험을 통해서도 증명되었는데 다수의 사람들 속에 있으면서 남을 도와주지 못한 상황을 보여주고 난 후 어떻게 남을 도와야 되는지 교육을 받은 사람들은 도움을 주어야 할 때 대부분 즉각적으로 도움을 주었다고 한다.

다른 사람들을 의식해서 남을 돕지 못하는 것은 알고 보면 나에 대한 잘못된 집착에서 비롯된다. 자신을 방어하려는 것이 본능적으로 작용하는데 이것은 나만의 생존을 위해 작용할 뿐 다른 사람들의 생존에 대해서는 소극적으로 작용하거나 심지어는 방해한다.

남을 도와주는 행위가 큰 손해가 되지 않고 오히려 큰 기쁨이 될 수 있음을 실천해 보면 알지만 나에 대한 집착과 어리석음은 쉽게 자신의 길을 터주지 않는다.

명상에서 집착과 어리석음은 지혜로써 치유된다고 한다. 누군가를 도와주어 기쁨과 의미를 가져 보았다면 이것이 바로 지혜이다. 이런 지혜는 점차 나를 에워싸고 있는 집착의 장벽을 녹여버릴 것이고 궁극적으로 나와 남의 구별을 없애버릴 것이다.

더 나아가 지혜는 나에 대한 올바른 이해와 자각이다. 나를 잘 이해 했을 때 필요 없이 나의 의식을 짓누르거나 지배하는 감정이나 생각에서 벗어날 수 있다. 지혜는 결국 나뿐만 아니라 다른 사람들에게까지 좋은 결과를 가져온다. 왜냐하면 남을 도울 때 주저함이 줄어들기 때문이다. 서로 서로 도움을 주고자 할 때 주저함이 없다면 더욱 안전하고 행복한 세상이 되지 않을까 생각해 본다.

눈밭의 스타크래프트

어렸을 적 살던 집은 내가 다니던 초등학교 담장과 붙어있었다. 정문까지의 거리는 불과 10 여미터밖에 되지 않았다. 때문에 학교 운동장이 자연스럽게 우리 집 앞마당과 별반 다르지 않았다. 일반적인 생활만 집에서 했다 뿐이지 낮의 대부분의 시간 동안에는 학교 운동장에서 동네 친구들이나 아니면 여러 놀이시설을 오가며 보냈던 것 같다.

너무 노는 것에 몰두하여 해가 지고 컴컴해졌는데도 늦게까지 집에 안 들어 온 날도 많았다. 지금은 아주 작은 운동장으로 보이는데 어렸을 적엔 무척이나 큰 곳으로 여겨졌었다. 이곳에서는 축구나 야구, 구슬치기, 갖가지 놀이 등 매일 종목을 바꾸어가며 놀 수 있었고 때문에 노는 것에 질릴 기회가 전혀 없었다.

교실 가까이에는 딸기나 도라지 같은 작물도 심겨져 있었고, 이름도 알지 못하는 여러 식물이나 나무들이 널려 있었던 것으로 기억된다. 교실 뒤편에는 물이 콸콸 쏟아지는 수도꼭지들이 있어서 여름에는 물놀이나 목욕까지 거기서 해결했다.

겨울날 많은 눈이 올 때면 학교 운동장은 전쟁터로 변한다. 온 동네 꼬맹이들이 집결하여 편을 가르고 각자 진지 구축과 무기를 제작한다. 전부 눈으로 하기 때문에 다칠 일은 없었다. 간혹 심술궂은 친구들은 눈 속에 작은 돌멩이를 집어넣기도 했지만 그냥 장난으로 넘긴다. 요즘은 전쟁을 치루는 게임기가 아이들의 마음을 사로잡고 있는데 환경과 시절만 변했을 뿐이지 재미있어 하는 것은 매 한 가지다.

특별한 규칙은 없었지만 나름대로 작전과 전략을 짰다. 상대방 중에 누가 강하고 누가 약한지 파악하고, 일단 강한 놈은 피하고 약한 놈만 집중 공격한다. 우리 편도 마찬가지다. 약한 사람은 피해 도망다니고 강한 사람은 약한 친구를 공격해 들어오는 상대방을 노린다. 상대방을 공격하면서 때때로 무기고를 습격하여 상대가 만들어 놓은 눈뭉치들을 뺏아오기도 한다. 눈싸움 덕택이었는지는 모르지만 나중에 커서 야구를 할 때 공을 던지게 되면 남들보다 좀 더 정확도가 높았다.

미리 뭉쳐 놓은 눈뭉치들이 다 떨어지면 그때그때 현장에서 무기를 만들어야 되는데 약간의 시간 차이로 반격을 당해 얼굴에서 퍽퍽 눈

맞는 소리를 들어야만 했다. 거리가 가까워지면 육탄전이 벌어진다. 상대적으로 힘에 밀리는 꼬맹이들이 붙잡히면 강제적으로 옷 속에 잔뜩 눈을 집어넣었고, 갑작스러운 차가움에 비명과 고함을 지른다. 한참을 뛰어다녔기 때문에 젖은 옷 위로는 김이 모락모락 피어오른다.

눈이 며칠 동안 녹지 않았기 때문에 눈싸움도 눈이 녹아 다 사라질 때까지 이어진다. 전날 눈뭉치에 집중적으로 공격을 받았던 친구들은 다음 날 복수의 기회를 노린다. 어차피 힘으로는 안 되기 때문에 나름대로 꾀를 쓴다. 몇 시에 눈싸움을 하기로 약속해 놓고 한두 시간 전에 동네를 돌아다닌다. 예전에는 대문 없는 집이 많았고 있다고 해도 형식적으로 있는 경우가 많아 다른 집 사정을 훤히 꿰뚫고 있다.

콜라병에 물을 담아가지고 가서 상대편 친구들의 신발에 흥건히 물을 부어 놓는다. 요즘 용어로 표현하자면 일종의 교란작전이다. 시간이 다되어 단단히 준비를 하고 눈싸움하러 나올라 치면 신발이 얼어붙어 바닥에서 떨어지지 않거나 아니면 속이 꽁꽁 얼어 신발을 신었다가 비명을 지르게 된다. 예전에는 신던 신발이 다 떨어져야 새 신발을 신었기 때문에 신발의 여유가 없다. 그래서 그냥 얼음신발을 신고 나오든지 아니면 형님, 누나의 신발, 심지어는 슬리퍼라도 신고 나와야 했다. 신발 상태가 불편하기 때문에 당연히 기동력이 떨어지고 특히 뛰어다니면서 벌어지는 눈싸움에는 절대적인 영향을 미친다.

젖은 신발을 신고 나온 동네 선배가 똥씹은 얼굴로 운동장에 나와서 어떤 놈의 짓이냐고 온갖 욕을 해대며 범인을 물색한다. 시치미 뚝 떼고 다채로운 표정연기로 위기를 모면한다. 아마 동네 개들이 오줌 싸고 간 것이 틀림없다며 발 좀 자주 씻으라고 오히려 핀잔까지 준다. 눈싸움이 시작되면 또 다시 웃음과 비명이 뒤섞이면서 차갑고 하얀 겨울을 뜨겁고 정겨운 추억으로 만들어 간다.

봄이 되어 더 이상 눈이 내리지 않으면 눈싸움의 재미를 만끽하지 못한다는 허전함과 아쉬움에 마음 달랠 길이 없어진다. 언 땅이 녹으면서 운동장도 질퍽해지기 때문에 마땅히 할 놀이도 찾기가 어려웠다.

그때 문득 집 앞 마당에 쌓여있는 다 탄 연탄들이 보였다. 다 타서 허옇게 변해있는 연탄은 무게도 가볍고 잘 부스러진다. 보통은 질퍽한 마당에 부수어 깔거나 청소하는 아저씨가 오시면 리어카에 같이 실어 보낸다. 연탄 찌꺼기를 부수어서 운동장 한 쪽 귀퉁이에서 딱지치기 하고 있는 친구들에게 던져 보았다. 한 친구의 등짝에 맞았는데 맞을 때 연탄이 부스러지면서 뽀얀 먼지가 일어나 마치 포탄이 터지는 느낌이 들었다.

딱지치기 하던 친구들이 갑자기 복수를 하려고 다들 연탄을 집어 들었다. 이때부터 연탄 전쟁이 시작되었다. 눈에서 연탄찌꺼기로 도구가 변한 것이다. 가끔 얼굴이나 머리에 얻어맞기도 했지만 크게 아프지는 않았다. 눈이나 입 속에 부스러기들이 들어가 연신 침을 뱉어 내야 했지만 눈 보다는 더 실전감이 들었다. 저녁 무렵 어둑어둑해질 때까지 연탄싸움이 끝나지 않았다. 더 이상 상대방의 분간이 안갈 때가 되어서야 아쉬움을 달래고 각자 집으로 향했다. 그날 저녁 집집마다 빗자루로 매 맞는 소리를 우리는 들어야만 했다.

다음날 새벽, 운동을 하려고 운동장에 일찍 나갔다. 운동장에 들어서자마자 입이 다물어지지 않았다. 운동장이 온통 허연 연탄 찌꺼기들로 뒤범벅이었고 그 지저분함을 어떻게 말로 표현할 수 없었다. 어서 빨리 선생님들이 출근하기 전에 대충 수습을 해야 된다는 생각밖에 없었다.

서둘러 비를 들고 와서 운동장을 쓸기 시작했다. 부지런히 쓸었지만 워낙 넓은 지역이라 표시도 안 났다. 한참을 쓸고 있는데 누군가 뒤에서 등을 탁 쳤다. 뒤돌아보니 잘 아는 선생님이셨다. 아침 일찍부터 학교 운동장 청소를 하고 있다며 칭찬을 아끼지 않으셨다. 그러면서 어떤 놈들이 학교 운동장을 이렇게 망쳐 놓았냐며 못된 놈들이라고 가만두지 않겠다고 벼르셨다. 속으로 애가 타기 시작했다.

청소를 다 끝내지도 못한 채 학교에 가야했다. 그날 학교 학생들이 청소시간에 다 나와서 운동장을 쓸었다. 연탄싸움을 주도했던 몇몇 친구들은 놀 때는 즐거웠지만 선생님들에게 야단맞을 생각에 다들 얼굴이 굳어 있었다. 다행히도 그날은 별 탈이 없었다. 그러나 그 주

행복한 수행

주말이 되어 아침 조회를 하는데 선생님이 나를 앞으로 나오라고 하신다. 모범학생으로 선행상을 주신하고 하신다. 아침 일찍 학교 운동장을 청소하였기에 선행상을 타는 것이라고 다시 한 번 칭찬해 주셨다.

앞으로 가면서 친구들의 표정을 살폈다. 다들 황당해 하는 표정 그 자체였다. 운동장을 어지럽게 만든 주범이라고 소리치고 싶었지만 공범들이었기에 말도 안 되는 상황에 침묵할 수밖에 없었다고 조회가 끝난 후 내 뒤통수를 한 대씩 치고 갔다.

요즘은 연탄 보기도 어렵고 겨울에 눈까지 많이 내리지 않아서 눈 구경하기도 힘들어졌다. 눈이 내린다 해도 뛰어다니며 놀 수 있는 운동장 마저 흔치 않아서 예전의 느낌을 가지고 눈싸움을 한다는 것은 기억 속에서만 가능한 것 같다. 어린이들도 도시화된 공간 속에서 놀 공간을 잃어버리고 그저 컴퓨터 게임을 통해서만 불안과 심심함을 달래고 있는 상황이 안타깝기만 하다. 허나 아마 이 아이들이 나중에 어른이 되면 나름대로 추억을 가지고 과거를 회상할 것이다. '옛날에는 이런 오락 게임이 있었는데…….' 다들 시절 인연대로 살아갈 뿐이다.

명상 그리고
차 한 사발

명상은 할 수 있다면 나의 생활과 함께 해야 합니다. 밥 먹으면서, 걸으면서, 또는 친구와 이야기하면서 명상할 수 있어야 합니다. 그래야 항상 내 마음을 편안히 지켜낼 수 있지요. 또 일상 생활 속에서 명상을 수행하려면 바쁜 현실 한가운데로 들어와야 합니다.

대화가 필요해

"편안하게 눈을 감고 가만히 주변의 소리를 들어보세요."

"그러면서 숨을 쉬고 있는 자신을 마음으로 바라봅니다."

"이번에는 호흡에 숫자를 붙여볼까요?"

"이번에는 마음으로 찻잔을 바라보세요?"

…….

이렇게 하면서 잠시 차 한 잔 혹은 커피 한 잔 하면서 나를 만나는 시간을 가져본다. 10여 분 동안 나와의 대화를 끝내고 나면 다양한 주제와 느낌을 가지고 나 자신과 함께 있었음을 알게 된다.

한 개그 프로그램 중에 '대화가 필요해'라는 코너가 있다. 가족 간에 대화가 부족한 현대 사회의 한 단면을 풍자하는 내용이다. 현실적으로 가장 가까이에서 함께 살고 있는 가족끼리 서로의 마음을 나누지 못하고 산다는 것은 코믹을 떠나 불행의 한 요소일 수 있다. 그러나 더 심각한 문제는 가족보다 더 가까운 나 자신과는 도통 대화를 하지 않는다는 것이다.

'나와의 대화?'

'그게 그리 중요한 건가?'

우리는 모두 행복하게 잘 살고 싶어한다. 그러나 잘 알고 나면 행복하게 하는 것도 나 자신이고 불행하게 하는 것도 나 자신이다. 물론 혹자는 주위 여건이나 사회를 탓하기도 하지만.

가만히 '나'를 만나보면 한 가지 사실을 깨닫는다. 내가 느끼는 육체적 혹은 정신적 느낌이나 감정은 내가 직접 만들지 않는다는 것이다. 즐겁거나 괴롭거나 기쁘거나 슬프거나 또 덥거나 춥거나 배가 고프거나 부르거나 간에 이러한 느낌과 감정은 나 스스로 만들지 않는다는 것이다. 그렇다면 누가 그것을 만들었을까? 바로 그때의 조건과 상황이다. 조건과 상황이 나를 즐겁게도 하고 슬프게도 하고 배가 고프게도 하고 덥게도 만든다. 우리는 다만 그것을 알고 또 다른 반응을 이어갈 뿐이다.

그렇다면 나의 느낌과 감정을 만드는 조건과 상황을 우리 마음대로 만들어 갈 수 있을까? 안타깝게도 현실은 절대로 그렇게 되지 않는다. 내 마음대로 되지 않는 조건과 상황, 그리고 그것들 때문에 생겨나는 나의 느낌과 감정들. 그래서 때로 삶은 힘들고 괴롭게 다가오는 것이다. 내 마음대로 되는 것이 아니기에.

나와의 대화는 나를 알고 이해하는 과정이다. 우리가 누군가를 잘 안다는 것은 그와 오래 대화나 만남을 가졌기 때문이다. 나를 알고 이해하게 되면 왜 나 자신과 세상이 내 마음대로 돌아가지 않는지 정확히 바라보게 된다. 이유를 모르면 오해하고 상처받지만 이유를 알면 기분은 나쁠지 몰라도 크게 내 마음이 무너져 내리는 일은 없다.

나를 알면 여러 가지 장점이 있다. 힘들 때 나에게 의지할 수 있고 열심히 일하고 싶을 때 나를 더욱 격려해 줄 수 있다. 그리고 지금 살고 있는 모습을 알게 하고 더불어 어떻게 살아야 하는지 길도 알려준다.

바쁘고 여유가 없기 때문에 더욱 가장 가까이에서 길을 찾아야 한다. 지금 이 시대, 자신과의 대화는 현대인들에게 가장 절실한 행복의 테크닉이 되었다. 가장 가까이에서, 가장 쉽게 행복의 근원을 찾아 더 많은 사람들이 잘 살았으면 좋겠다.

물리적인 시간
심리적인 시간

명상원이 있는 곳이 2층이라 거의 엘리베이터를 이용할 일이 없다. 그러나 가끔 다른 사무실을 방문할 일이 있어 엘리베이터를 타는 일이 있는데 그때마다 엘리베이터가 답답할 정도로 느리게 느껴졌다. 마음이 급해 그 순간 그런 생각이 들었을 수도 있다.

며칠 전 마트에 물건을 살 일이 있어 다녀왔다. 지하 주차장에서 매장까지 엘리베이터를 이용하는데 무척 빠르다는 생각이 들었다. 심지어는 너무 빨라 약간 아쉬운 생각마저 들었는데 이유는 엘리베이터 안에 부착되어 있는 거울을 보고 있었기 때문이었다.

우리 건물의 엘리베이터나 마트의 엘리베이터나 속도 면에서는 분명 별 차이가 없을 것이다. 차이가 있다면 잠시 엘리베이터의 속도와 시간을 잊고 마음을 쏟아 부을 대상이 있느냐 없느냐였다. 마음의 간사함에 절로 웃음이 나오는 상황이지만 이것이 우리가 시간에게 가지는 감정일 수도 있다는 생각이 들었다.

우리의 마음은 본능적으로 더 편하고 감각적으로나 정신적으로 더 만족한 상태를 추구하려 한다. 그래서 마음 작용이 어떤 대상에 푹 빠져 있으면 자신의 다른 마음작용을 잘 알지 못한다. 또 우리가 사물을 대할 때 어떤 반응을 보이는데 그 반응이 나에게 맞거나 지속적으로 만족을 주면 우리는 그것에 집착하고 즐겁다고 생각한다. 하지만 그 반응이 나에게 순간적으로 혹은 지속적으로 불만족을 가져오면 어서 떨쳐버리려 하거나 괴롭다고 한다.

또 한 가지 사실은 어떤 대상에 마음이 매료되어 있으면 우리가 일으키는 순간순간들의 반응들을 잊어버리고 아무리 불쾌한 반응이 생긴다 해도 그냥 견디고 넘어간다는 것이다. 반대로 우리의 마음이 부정적인 반응들에 예민해져 있으면 괴롭고 불쾌한 감정이 잘 발생한다.

우리가 재미있는 영화나 책, 또는 어떤 이야기에 빠져 있으면 시간 가는 줄 모른다. 즉 어떤 대상에 마음이 강하게 고정되어있어 자기 자신의 의식 흐름을 잘 알지 못하기 때문이다. 반면 지겨운 강의를 듣거나 업무를 하고 있을 때, 화장실을 가고 싶거나 몸이 아플 때 등은 자기 자신의 반응에 예민해져 있기 때문에 순간순간 불만족하고

명상 그리고 차 한 사발

있는 자신의 의식흐름을 잘 알게 된다.

아주 강하지는 않지만 평소 우리의 내면에는 자주 부정적인 감정과 반응들이 생겨난다. 그래서 이러한 것들을 잊기 위해 바깥으로 마음을 향할 대상을 찾아 나선다. 사람들과 어울리고 오락이나 운동, 취미활동, 심지어는 술과 마약 등의 환각제를 써서라도 자기 마음속의 부정적인 반응들을 잊고 싶어한다. 그러나 알다시피 이러한 방법들이 근본적인 해결책이 되지 않는다. 그때 뿐이지 시간이 지나면 또다시 반복되며, 넘어지지 않기 위해 계속해서 자전거의 페달을 밟는 것처럼 죽을 때까지 자신을 위로할 대상을 찾아 나선다.

역사적으로 여러 성인들은 이러한 우리의 상황을 괴로움, 꿈, 허깨비라고 표현하셨다. 사실 자기 마음속의 부정적인 반응들은 그 실체가 따로 없다는 것이다. 항상 있는 것이 아니라 가을 안개 피듯 홀연히 생겨 나를 괴롭히다가 언제 없어졌는지도 모르게 순간 사라지는 것이다. 이렇게 실체가 뚜렷하지 않은 현상 즉 마음의 반응에 따라 이리저리 우리는 끊임없이 탈출구를 찾고 있거나 집착하면서 살고 있다.

이러한 상황을 잘 알고 현명하게 대처하는 방법은 어떻게 해서든지 있는 그대로의 현상과 모습을 알고 이해하는 방법 밖에는 없다. 마음에 일어나는 여러 반응들을 허깨비인지 실체인지 날카롭고, 아주 세심하게 살펴 '아! 이게 실체도 없는 것이 나를 괴롭혀 왔구나.' '내 의지와 상관없이 생겨나고 있으니 결국 내 것이 아니구나.' '그냥 정신적 현상으로 일어나고 있는 반응에 불과하구나.' 하며 정면으로 맞서 이해하는 것이다.

지금 이 순간도 마음은 어떤 대상을 찾아 헤매고 있을 것이다. 나를 만족시켜 줄 대상을 오랫동안 가지려면 비용이 많이 들고 그래서 열심히 돈을 벌어야겠다고 의욕을 다지고 있을 것이다. 비록 현실이 그래서 돈을 벌어야 하고 열심히 일을 해야 되지만 그와 동시에 자신을 놓치지 말고 살아보도록 해야 한다. 순간순간 자신의 모습을 가만히 느껴 보자. 이러한 순간들이 모여 힘을 만든다. 힘이 쌓이면 오래 그리고 보다 더 정확하게, 감정에 휩쓸리지 않고 자신을 흘러가는 대로 보게 된다.

올바른 진단과 처방으로 아무리 좋은 약이 있다고 한들 너무 써서, 다리기 힘들어서 못 먹겠다고, 차라리 진통제 한 방 맞는 게 더 낫다고 버티는 게 우리 중생들이다. 한 번 크게 아파봐야 조금 긴장할 것이다.

명상 그리고 차 한 사발

삶의 힘은 어디에서 나오는 걸까?
한 시인이 내게 물었다

'한국문화예술위원회'에서 운영하는 온라인 청소년 문학관 '글틴'에서 명상에 관심이 있는 한 시인이 인터뷰를 요청해 왔다. '문학(예술)'에 관심이 있는 청소년들을 위해 명상과 관련하여 좋은 이야기를 해주었으면 해서였다.

명상과 문학 그리고 청소년. 언뜻 생각하기엔 좀처럼 연결이 되지 않는 주제들 같아서 무슨 말을 해야 될지 몰라 잠시 망설였다. 그러나 명상이라는 것을 통해 알게 된 여러 느낌들이 문학을 하는 사람 혹은 예술을 하는 사람들이 가지는 감흥과 같을 수 있다는 생각에 그냥 편안히 나의 견해를 말해보겠다고 하였다.

"스님 안녕하세요. '차명상'과 관련하여 드문드문 스님 소식을 접하곤 했는데, 오늘은 이렇게 직접 뵙게 되었네요. 그런데 도심 한복

156

판의 이런 곳에서 스님을 뵙게 되다니 좀 의외네요. 혹여 이곳으로 오시게 된 사연이 있는지요."

"사연이야 말하면 길고 많지요. 근데 너무 긴데 말해도 괜찮을까요?"

"말해 주세요. 저 오늘 시간 많습니다. 그리고 저뿐만 아니라 다른 사람들도 궁금해 할 겁니다. 스님이 왜 여기에 살고 있는지."

"출가한 지 얼마 안 돼서 지리산 산중山中의 조그마한 암자에서 생활한 적이 있습니다. 그때는 바람소리와 새소리가 들리는 곳에서 살았지요. '아' 이런 곳이라면 수행이 저절로 될 것이라고 의심치 않았지요. 처음 얼마동안은 계획대로 모든 생활이 무난했습니다. 혼자만의 자연탐방 시간도 가졌습니다. 그런데 한 달쯤 지나니까 점점 외로움이라는 것이 절 찾아오더군요. 그때는 인터넷도 없던 시절이라 책을 읽거나 명상하거나 그도 아니면 잡다한 소일거리로 시간을 보낼 때였지요.

제가 있는 곳에서 한 10분 정도 걸어 나오면 산 아래로 작은 시골길이 보였는데, 이따금씩 그 길로 차가 지나갔어요. 그 차를 한참을 쳐다보며, 잠시 세속에 대한 그리움을 달래고 다시 암자로 터벅터벅 돌아오곤 했죠.

방안에 가만히 앉아 명상을 하려 하면 주변이 너무 조용해서 사방천지엔 오직 나 홀로 있다는 생각만 들었어요. 명상에 빠져들기보다

명상 그리고 차 한 사발

는 점점 내 안의 느낌들이 강하게 느껴지기 시작했지요. 이런 느낌들은 나를 더 답답하게 해서 '무언가를 바라는 마음으로' 향하게 만들었지요. 그리고 이런 마음들은 시간이 지날수록 내가 하고 싶은 것, 먹고 싶은 것, 가고 싶은 곳의 목록을 점점 길게 했지요.

어느 날인가 갑자기 이런 생각이 들더라고요. 주변 여건은 훌륭한데, 그 속에 있는 나는 전혀 그렇지 못하다는 것을 깨달았지요. 좋은 환경이 내 명상을 돕고 있는 것이 사실이지만, 이 좋은 환경이 내 명상의 전부는 아니었던 거죠. 무엇보다도 중요한 것은 공부(수행)를 열심히 해야겠다는 자극이나 격려가 없다는 것이었습니다. 아무리 내 의지가 강하다 해도 이내 며칠이 지나면 곧 그 의지가 곧 수그러들었기 때문이지요. 그래서 생각을 바꾸어 세상과 부딪혀 보기로 했지요.

저는 오랜 고민 끝에 암자에서 내려와 군軍의 군종장교로 들어가게 되었습니다. 그리고 그곳에서 9년이라는 시간 동안, 참으로 많은 사람과 여러 상황을 경험했지요. 그곳에서 보낸 모든 시간이 곧 나의 스승이었습니다. 그리고 제대 후엔 미얀마로 명상 여행을 떠났고 그곳에서 어떻게 명상을 해야 하는지 이해하게 되었습니다.

명상에 대한 구체적인 방법을 터득한 후로는 강한 추진력이 필요했어요. 그래서 현실적으로 가장 강한 자극과 긴장을 받을 수 있는 이곳 종로에서 명상 수행을 시작했어요. 나보다 더 나은 많은 사람들을 계속 만날 수 있는 곳, 더불어 이런 만남은 나의 수행에 더 많은 원동

력이 되리라 믿었습니다. 사람의 마음은 간사하기에 긴장과 위기의
식이 없어지면 금방 그 마음이 나태해지거든요. 또 본받아야 할 사람
을 만나게 되면 왠지 의욕이 불끈 솟구치지요.

또 한 가지 중요한 것은 명상은 곧 '잘 살아 보자'고 하는 건데요,
잘 산다는 것이 나 혼자만 잘 살면 되는 것이 아니죠. 더불어 여러 사
람들이 잘 살아야 그 속에 사는 나도 잘 살 수 있는 것이지요. 그래서
명상은 혼자 하기보다는 여럿이 하면 더욱 효과적입니다. 제가 이곳
종로를 택한 이유도 바로 여기에 있습니다. 여럿이 함께 할 수 있는
최고의 한 '지점'이었던 것이죠.

마지막으로 명상은 명상을 할 때만 좋으면 별 의미가 없어요. 다시
현실로 돌아오면 무거운 마음이 나를 차지해 버리니까요. 그래서 명
상은 할 수 있다면 나의 생활과 함께 해야 합니다. 밥 먹으면서, 걸으
면서, 또는 친구와 이야기하면서 명상할 수 있어야 합니다. 그래야
항상 내 마음을 편안히 지켜낼 수 있지요. 또 일상생활 속에서 명상
을 수행하려면 바쁜 현실 한가운데로 들어와야 합니다. 바로 그곳이
여기 종로지요. 아무리 시끄러운 곳이라도 공부(수행)에 대한 열의가
있으면 깊이 몰입할 수 있고요. 반대로 아무리 조용한 곳이라도 마음
이 들떠 있으면 그곳은 마치 감옥과 같지요."

"스님이 생각하시는 명상이란 무엇인가요? 명상을 통해서 문학
뿐만 아니라, 인접 장르의 예술 분야에서도 좋은 영감을 얻을 수 있

명상 그리고 차 한 사발

을 것 같은데요."

"저는 아직 잘 모르지만 '명상'이라는 이 타이틀 때문에 훌륭하신 분들을 많이 만났다고 생각합니다. 여러 분야의 대가들을 만나면 공통적인 것이 하나 있는데 사실 그 분들이 살아오면서 명상 아닌 명상을 이미 해오셨다는 겁니다. 자신의 일에 열정을 가지고 어떤 역경에도 굴하지 않고 자신들의 일에 모든 '정신적 에너지'를 쏟아왔다는 것이 다름 아닌 명상이니까요.

명상은 두 가지 유형이 있는데 하나는 철저히 자신을 잊어버리는 것이고, 또 하나는 철저히 자신을 알고 있는 것입니다. 자신을 철저히 잊어버릴 때는 자신이 경험하는 어떤 느낌이나 영감 그 자체가 됩니다. 또 한 가지, 철저히 자신을 알고 있을 때는 자신을 잘 이해하고 그 이해를 바탕으로 자신의 이해를 예술로서 혹은 글로써 표현하지요. 그런데 대가들은 이런 것들을 살면서 자연스럽게 해오셨다는 겁니다.

8년 전 음악인 임동창 씨와 같은 일행이 되어서 일본에 갔었지요. 저녁에 임동창 씨와 이야기를 나눴는데 당신께서 자신의 지나온 삶에 대해 이야기를 꺼내더군요. 당신이 중학생일 적에 피아노에 한참 미쳤을 때인데, 하루 4시간 잠자는 것 외에는 온 종일 피아노만 쳤다고 하네요. 물론 학교도 안 가구요. 형편이 좀 그래서 교회에 가서 오로지 피아노만 쳤다고 그러더군요. 자신의 마음이 완벽히 음악으로 표현될 때까지 말입니다. 그때 당연히 주변 사람들은 그를 보고 미쳤다고 했지요. 그렇게 몇 달을 쳤더니 쓰러지더래요. 그래도 며칠 있다 다시 일어나 또 피아노를 쳤다고 하네요. 결국은 원하는 단계에 이르렀다고 해요. 그래서 그런지 임동창 씨 연주할 때 가보면 악보가 없답니다. 그냥 느낌 그대로 연주를 하지요. 이제는 세상 모든 것을 음악으로 표현할 수 있다고 하네요.

그 다음 해인가는 몽골에 간 적이 있었는데 그때는 전 서울예전 연극영화과 교수였던 강만홍 교수와 한 방을 썼어요. 이때도 자연스럽게 강 교수님의 삶과 사상에 대해 일대 일 강의를 들을 수 있었습니다. 연극에 미쳐 있었던 시간, 그 후 안타깝게 자식의 죽음을 경험하고 인도 히말라야로 떠난 이야기. 그곳에서 강한 영감과 의욕을 찾고 뉴욕으로 공부하러 간 이야기. 다시 한국에서 대학 교수가 되고 오해로 비롯된 사건에 의해 대학을 떠나야 했던 일들. 그리고 다시 인간의 내면을 춤으로 표현하는 것을 수행하게 되기까지의 긴 인생의 여정을 저에게 보여주셨어요. 그분이 천천히 몸을 움직여 춤추는 모습을 보면 엄청나게 강한 에너지를 느낄 수 있지요. 아마 그분의 삶 자체가 명상 수행이었기에 오늘날 강한 내공이 쌓이게 되었다고 봅니다.

또 한 분으로는 목아박물관의 박찬수 관장이 있네요. 이 분과는 두 번 정도 함께 해외 공연에 간 적이 있었는데요. 여행 내내 이 분의 인생론과 철학에 대한 강의를 혼자 들을 수 있었어요. 아주 젊을 때부터 나무조각을 하셨는데, 당신은 인생의 한 시절을 배고픔으로 견뎠다고 합니다. 일본에 건너가 다시 조각을 공부하고 한국으로 돌아와서도 지속적으로 활동을 하셨는데, 인간문화재로 지정받는 그 날까지 거의 30년 가까이 그 고생이 끊어지지 않았다고 해요.

그분의 말씀에 의하면 10년 정도 나무를 조각하니까 조각이 어떤 것인지 알 것 같더래요. 다시 10년을 더 조각하니까 자신이 원하는 것을 다 조각할 수 있더랍니다. 그런데 다시 10년을 더 조각하니까 나무에 조각이 드러난대요. 자신은 드러난 대로 깎을 뿐이라네요.

몇 분 더 계시지만 다음에 말씀드리고요, 요점은 하나같이 그 분야에 있어서는 도인의 경지에 다다른 분들이지요. 이 분들은 타고난 강한 열정으로 자기 분야에 매진함으로써 명상 수행을 해오셨던 겁니다. 그런데 반대로 이러한 원리를 잘 알아서 우리에게 유익한 여러 기능들, 즉 자각력自覺力, 집중력, 정신력, 열정, 지혜 등과 같은 것들을 효과적으로 계발시킨다면 가장 이상적인 명상이 되는 동시에 자신이 가진 꿈을 실현시킬 수 있는 좋은 도구가 된다는 겁니다.

명상이라는 기능을 활용해서 자신의 소질이 꺼지지 않고 더욱 계발되도록 할 수 있다는 거예요. 명상의 힘을 빌려 더욱 깊이 자신을 느끼거나 자신을 이해할 수 있다면 그리고 강한 열정을 만들어 나간다면 대가들의 삶과 같아질 수 있다는 말이지요. 결국 시간이 흘러 알고 보면 명상이 곧 '예술' 이고 예술이 곧 '명상' 이라는 것이죠."

"스님의 '마음공부'는 언제, 어떻게 하나요? 강의를 많이 하시려면 늘 '공부'를 해야 하는 입장이 아닐까 싶기도 한데요."

"다행스럽게도 저는 저를 찾아온 사람들과 함께 '명상을 해주는 것이' 저의 중요한 일입니다. 때문에 거의 매일 있는 명상수업이, 저에게는 바로 제가 명상할 수 있는 시간이 되지요. 하지만 저 역시 제 아무리 명상을 많이 한다 해도, 질적으로 깊이가 없으면 아무 소용이 없는 일이겠죠.

명상은 때와 장소에 상관없이 할 수 있습니다. 때문에 항상 명상에 대한 열정이 식지 않도록 하는 게 중요합니다. 열정은 성공을 원하는 모든 사람들의 필수요소입니다. 그런데 이 열정은 마음처럼 쉽게 생겨나지 않아요. 나름대로 관리를 해줘야 합니다. 최소 3일에 한 번 정도는 외부나 내부에서 자극을 받아야 해요. 좋은 책을 읽거나 좋은 대화를 가지는 것, 영화나 공연 같은 것을 보면서 수시로 자극을 공급받아야만 합니다.

저는 개인적으로 음악회를 활용합니다. 주로 뮤지컬이나 클래식 음악회에 가는데, 특이한 것은 꼭 눈을 감고 공연을 감상합니다. 연극을 볼 때도 눈을 감아요. 왜냐하면 저는 공연을 보러 간 것이 아니라 느끼기 위해 가기 때문이죠. 눈을 감고 주변에 충만 되어 있는 기운을 느끼고 나면 공연이 끝난 후 강한 열정을 갖게 됩니다. 또 주변에 대형 서점이 있어서 가끔 '책 구경' 하러 갑니다. 잠시 필요한 대목만 읽기도 하는데 이 역시 마찬가지로 강한 의욕과 열정이 생깁니다. 이렇게 열정이 지속되도록 노력하면서 적절히 명상하는 시간을 갖는 것, 이것이 제게는 가장 이상적인 '마음관리', '마음공부'라고 생각합니다."

"최근 스님의 화두는 무엇인가요? 청소년들도 지금 이 시기에 화두를 하나씩 가져보라고 한다면 어떤 화두를 던져주실 건지요?"

"화두라고 하면 좀 어렵게 생각되는데 그냥 삶에 필요한 원칙이나 말씀드릴까 합니다. 요즘 저의 원칙은 세 가지입니다. '잠이 드는 순간을 꼭 알자, 돈과 명예보다도 시간을 벌자, 혼자 힘으로 사는 법을 터득하자.'입니다.

잠이 드는 순간을 알 수 있다면 죽는 순간에도 정신을 차릴 수 있다고 해요. 죽을 때 잘 죽으려면 미리미리 연습해야죠. 그리고 잠이 드는 순간까지 명상을 한다는 의미이기도 하구요. 또 명상을 하려면 시간이 필요하잖아요. 너무 바쁘거나 편하면 명상할 시간이 없겠지요. 그래서 시간을 많이 벌려고 합니다. 또 시간을 많이 번다는 것은 온전히 자신만의 시간을 갖는다는 것인데 그러려면 혼자 생활하는 법을 잘 알고 있어야겠지요. 혼자 살지 못하면 다시 바쁜 생활에 얽입니다. 아무튼 살면서 자신만의 원칙은 꼭 가져야 합니다. 빠르면 빠를수록 더 좋고요. 공부하는 학생들도 원칙이 있으면 한결 공부에 임하는 자세가 달라집니다. '빨리 원칙을 갖자.' 제가 학생들에게 해주고 싶은 말입니다.”

“많은 분들에게 큰 도움과 위안이 될 겁니다. 저도 지금부터 명상을 시작해 보겠습니다. 스님 말씀을 듣자니 진짜로 저에게 필요하다고 생각합니다. 잘 부탁드릴께요!”

“차나 한 잔 드시지요.”

출처. 이기인 시인의 글 『글틴』

생각의 덫

인간이 다른 동물보다 더 수승하다고 여기는 것은 바로 생각을 하기 때문이다. 생각을 하기 때문에 사랑과 가치가 존재하고 이를 바탕으로 다시 문화와 문명이라는 것이 생겨날 수 있는 것이다. 물론 근본적인 욕망이라는 것도 세상의 흐름에 절대적 영향을 미치지만 그 욕망은 생각을 거쳐 구체화 된다.

생각은 인간이라는 존재 그 자체일 수도 있다고 할 정도로 제일 중요한 요소로서 이 세상에 존재하는 사람만큼 다양한 생각이 존재한다. 다양한 생각이 있기 때문에 재미있기도 하고 또 한편으로는 고통스럽기도 하다.

얼마 전 신문을 보니 야구 경기를 하던 선수들이 집단 난투극을 벌였다. 빈볼시비에서 벌어진 일이었는데 투수가 악의를 가지고 다른 선수를 맞히지는 않았을 것이다. 그러나 생각이 짧은 순간 부정적으로 작용하면 전혀 엉뚱한 곳으로 가게 되고 이것은 결국 물리적 실천으로까지 이어진다. 쌍방이 억울할 것이다. 인간이 사는 곳이라면 비일비재한 일인데 우리는 이렇게 생각이 다르다는 현실 때문에 희로애락을 경험하고 살 수밖에 없다.

다양한 생각의 부정적인 면을 치유할 수 있는 것이 이해이다. 생각을 한 번 더 해서 다른 쪽에서 생각을 해보거나 몰랐던 사실을 깨달아 알라는 것이다. 그러나 노력을 해서 이해하려고 하면 될 것 같지만 막상 현실은 그렇게 쉽게 생각처럼 되지 않는다.

가령 야구 경기를 할 때 타자와 야구공이 비슷하게 1루에 도착했다고 하자. 이 상황이 되면 서로 자신의 입장대로 생각할 것이다. 한쪽은 공이 먼저다. 다른 한 쪽은 사람이 먼저다. 재미나게도 이해利害관계가 얽혀 있으면 이해理解를 해주지 않는다는 것이다. 세상은 무수한 이해利害관계로 얽혀 있기 때문에 그만큼 이해理解는 제한을 받는다.

성격과 무지에 의해서도 이해理解가 통용되지 않는 경우도 많다. 이러한 경우 생각이 문제 있는 것은 아니다. 분명 그 사람의 입장에서는 백 번 옳을 수 있다. 하지만 남에 대한 배려도 없고 아예 하려고 하지도 않는다. 좀처럼 성격이 변하지 않기 때문에 죽을 때까지 자신과 남을 피곤하게 할 것이다.

초기불교 경전인 디가니까야 게온품에 있는『법망경』에 부처님은 수행을 많이 한 사람들이 가질 수 있는 견해를 크게 62가지로 분류하였다. 과거에 대한 것 18가지와 미래에 대한 것 44가지이다. 또한 이러한 견해가 어떻게 발생하는지 연기법緣起法의 내용으로 발생 구조와 소멸 구조를 설명하였다. 여기서 부처님은 62가지로 분류되는 견해들은 단지 느끼는 것에 지나지 않으며 그 느낌이 동요되고 있는 상태일 뿐이라고 한다. 즉 아무리 많은 생각이 있다 하더라도 일단은 신체적이든, 정신적이든 감각 접촉에 의해 발생하며 이것은 다시 느낌과 갈애, 갖고 싶어 하는 욕구, 존재, 태어남, 늙음, 죽음의 과정으로 작용하고 있다고 한다.

쉽게 말해 우리가 영화를 볼 때 영화의 내용을 보는 것이 아니라 영화가 상영되고 있는 전체 상황을 보고 있다는 것을 생각하면 된다. 즉 영사기에서 빛이 쏘아지고 스크린에 반사되고 있는 상태로 영화를 파악하듯 우리의 생각이 일어나고 있는 것을 내용적인 면이 아니라 전체적인 상황의 관점에서 파악하는 것과 같다.

생각이라는 것을 좀 복잡하게 말하였지만 결론적으로 한 가지를 말한다면 생각이라는 것이 일종의 허구라는 것이다. 아무리 훌륭한 것이든, 더러운 것이든 생각은 어떤 상황과 조건에 의해서만 일어나는 것이며 그래서 생각이 허구라는 것을 알고 집착하지 않는다면 생각의 그물에서 벗어날 수 있다는 것이다. 생각을 없애는 것이 아니라 생각을 알고 생각에 집착하지 말아야 진정으로 생각에서 자유로워지는 것이다.

현재 우리는 생각의 그물에 걸려 벗어나지 못하고 산다. 그물에 걸려 있다는 사실조차 모른다. 그러나 생각의 그물에 걸려 있는 한 이해는 좀처럼 일어나기 어렵다. 생각이 다르다는 것은 우리의 삶에 많은 재미와 의의를 준다. 그러나 전쟁과 살상 같은 엄청난 재난을 가져오기도 한다.

생활의 무대가 넓어질수록 더욱 서로에 대한 이해는 절실해진다. 이러한 이해는 생각만 있다고 해서 되기보다는 먼저 자신이 가진 생각의 모습을 잘 보는 것으로부터 출발하는 것이다. 그렇다면 자신의 생각은 어떻게 해서 볼 것인가? 아마 마음의 거울이 있다면 우리의 생각을 쉽게 볼 수 있을 것이다. 마음의 거울, 단지 있는 그대로 보는 자에게는 거울 아님이 없을 듯…….

인생 탈출

젊은 아가씨가 전화로 찾아와 만나고 싶다고 한다. 무슨 일이냐고 묻자 그냥 명상에 관심이 있어서라고 한다. 그 날 오후 약속한 시간에 맞추어 전화를 건 듯한 아가씨가 찾아왔다. 30대 초반으로 보이고 무척 세련되어 보였다. 그러나 얼굴의 모습은 얼핏 보면 남자 같다는 생각이 들었다.

여기 저기 두리번거리며 조심스럽게 자리에 앉았다. 찾아오는 데 힘들지 않았냐고 물으면서 차 마실 준비를 했다. 설명을 잘 해주어서 바로 찾아왔다고 한다. 여기는 녹차 밖에 없다고 양해를 구하고 녹차를 따뜻하게 우려 내놓았다. 고맙다는 인사는 하였지만 찻잔을 그냥 바라보기만 한다.

"녹차를 안 좋아하시나 봐요?"

"아니요, 좋아합니다."

다시 고개만 숙인 채 찻잔을 들지 않는다. 명상에 관심이 많으냐고 물었다. 그러자 그녀는 이제 명상에 관심을 가져보려 한다고 한다. 왜 명상에 관심을 갖게 되었냐고 물었다. 찾아오는 사람마다 다 이유가 달랐지만 그 이유를 알아야 명상원의 차 명상법이 도움이 되는지 아닌지를 알 수 있기 때문이다.

"다시 안 태어나고 싶어서요."

잠시 침묵의 느낌을 지켜본다. 무거운 내용일수록 천천히 대화하는 것이 더 효과적이다.

"그냥 사는 것도 괜찮지 않은가요?"

"아니요. 사는 것 자체가 싫어요. 죽는 것도 싫구요. 그냥 없어져서 다시는 세상에 나타나지 않았으면 좋겠어요."

다시 두 번째 차를 우린다. 물 따르는 소리와 다구를 다루는 손놀림만이 느껴진다. 무언가 힘든 사연을 안고 살아온 듯 느껴진다. 대화보다는 그냥 찻자리에 같이 앉아있다는 느낌을 주로 느껴가면서 어쩌다 간단한 대화만 주고받았다.

그 아가씨는 깊은 절망과 포기에 직면해 있었다. 서울대를 졸업하고 모 대기업에서 근무를 하고 있다고 한다. 조건으로 봤을 때야 나무랄 것이 없었다. 그러나 외모가 문제였다. 남자 같이 보이는 외모, 그것도 잘 생긴 것이 아닌 별로 바라보고 싶지 않은 외모를 가졌다.

명상 그리고 차 한 사발

영화 '미녀는 괴로워'를 보면 탁월한 노래 실력에도 불구하고 뚱뚱하고 못생긴 여주인공은 사랑하는 사람을 사랑하고 싶어도 사랑할 수 없다는 현실에 절망감을 가진다. 결국 기적처럼 온 몸을 성형하여 절대미인이 된다. 영화니까 가능한 것이리라.

얼굴만 빼고는 너무나 이상적인 조건을 가진 이 아가씨는 자신이 좋아하는 대상은 결코 자신을 좋아하지 않는다는 현실 상황이 마치 지옥의 가혹한 형벌로 여겨진다고 한다. 식구들이나 친척들은 제발 잘났다는 생각 버리고 눈을 낮추라고 한다. 그러나 눈을 낮추어 설사 자신을 좋아한다는 사람이 있다 해도 결코 자신은 그 사람이 눈에 들어오지 않는다고 한다.

꼭 결혼을 해야겠다는 생각은 없지만 평생 자신이 좋아하는 사람과 연애 한 번 못하고 죽을 지도 모른다는 자신의 현실이 너무나 기가 막힌다는 것이다. 영화처럼 성형수술로 완벽히 바꾸어 줄 수 있는 방법이 있는지는 몰라도 수술까지 해가면서 자신을 버리고 싶은 생각은 없다고 한다.

자신이 마치 어떤 감옥에 갇혀 있는 생각이 든다고 한다. 이러지도 저러지도 못하면서 그냥 현실적인 것들에 끌려 살아가고만 있는 신세, 석방의 기약이 없는 종신형을 선고받고 가끔씩 찾아오는 기쁨을 낙으로 삼아 하루하루를 살아가고 있는 신체처럼 자신이 느껴진다고 한다.

그래서 이 감옥 같은 존재에서 제발 벗어나는 길이 있냐고 물으러 온 것이었다. 이 아가씨의 이야기를 듣고 있으니 영화 쇼생크 탈출의 몇 장면이 스쳐 지나간다.

한때 잘나가던 은행 간부였던 앤디(팀 로빈스)는 부인과 그녀의 정부를 살해했다는 누명을 쓰고 악명 높은 쇼생크 교도소에 수감된다. 단정하고 순해 보이는 앤디는 너무도 담담하게 점차 교도소 생활에 적응해 간다. 다른 죄수들과 잘 어울리지 않았던 앤디는 어느 날 필요한 물품을 몰래 조달해 주는 레드에게 돌 조각을 할 수 있는 작은 조각망치를 구해달라고 부탁한다.

동성애를 즐기는 보그스 일당들은 기회만 있으면 앤디를 괴롭힌다. 그런 그들에 맞서 앤디의 고달픈 싸움도 계속된다. '우리 모두 앤디가 이기기를 바랬다. 하지만 감옥은 동화 속에 나오는 아름다운 곳이 아니다.' 레드의 혼잣말처럼 앤디는 교도소의 비참하고 고통스런 현실에서 나날이 상처 입으며 살아가야 했다.

어느 날, 앤디와 레드 그리고 몇몇 죄수들은 교도소 밖으로 일을 나간다. 그곳에서 앤디는 우연히 간수장 해들리가 죽은 동생의 유산 문제로 고민하는 것을 알게 되고 세금을 피해가는 방법을 알려줄 수 있다고 제안한다. 그 대신 친구 죄수들에게 맥주 3병씩을 주는 대가로 말이다.

이 일을 잘 해결해준 후 앤디의 능력이 알려지자, 교도소의 모든 간

명상 그리고 차 한 사발

수들과 교도소장은 그에게 세금을 피하는 법을 부탁하게 되고, 교도소장은 앤디를 자신의 비서로 임명한다. 앤디는 검은 돈을 세탁해주는 일에 찜찜해 했지만 일을 하는 동안만큼은 자신이 예전으로 돌아온 기분이 들어 열성적으로 일에 매달린다.

앤디는 도서관 유지에 필요한 돈을 지원받을 수 있다는 것을 알고 매주 한 통씩의 편지를 시청에 보내, 도서관 유지비를 지원해 줄 것을 요청한다. 그의 적극성에 질린 시청은 결국 쇼생크 교도소에 매달 일정액의 도서관 유지비를 지급한다. 도서관에서 더 공부하기를 원하는 다른 죄수들에게 자문도 해주면서 자신의 존재 의의를 느껴보기도 한다.

앤디가 쇼생크에 온지 19년이 되었을 무렵, 좀도둑 토미가 쇼생크에 온다. 토미를 통해 앤디는 자신의 부인과 그녀의 정부를 죽인 진범을 알게 된다. 자신의 무죄가 인정될지도 모른다는 희망에 찬 앤디는 교도소장에게 다시 재판을 받게 해달라고 부탁한다. 하지만 교도소장은 그리 달가워하지 않았다. 몇 년 동안 자신의 돈세탁을 맡아하던 앤디가 쇼생크를 나간다면 자신이 위험에 처해질 것이라고 여긴 교도소장은 토미를 죽인다.

결국 앤디는 손바닥만한 작은 조각 망치로 20년 동안 구멍을 파서 탈옥에 성공하고, 그 후 교도관의 검은 돈이 기록된 장부를 세상에 공개한다. 교도소장은 자살로 비참한 결말을 맺고 앤디는 탈옥 후 교도소장의 비밀자금을 찾아 먼저 출옥한 친구 레드와 자유의 몸으로 멋진 해후를 하게 된다.

부모의 몸을 빌려 세상에 태어났지만 태어나는 순간부터 우리는 존재라는 감옥에 종신형을 언도 받고 산다. 즐겁게 해주는 때도 있고 힘들게 하는 때도 있다. 사는 데에 파묻혀 자신이 존재라는 감옥에 갇혀 있다는 사실을 까맣게 잊고 산다. 오히려 감옥 생활을 더 편안히 여기는 지도 모른다.

쇼생크 감옥에서 반평생을 살았던 브룩스라는 자는 늙은 몸으로 출감하여, 변해버린 세상, 자유의 사회 속에서 적응하지 못하고 다음과 같은 글을 남기고 자살하고 만다.

"처음에는 저 높은 담이 부담스럽지만 어느 순간 오히려 저 담이 있기에 평온함을 얻게 되지."

좋은 조건이 보장된 사람들과 부푼 희망을 안고 사는 사람들에게는 이 존재의 감옥이 행복을 느끼게 하는 기회로 보인다. 그러나 이것이 살아야 하는 운명의 감옥이든지, 존재의 감옥이든지, 감옥이라 생각하며 벗어나고 싶어하는 사람에게는 한 번 탈출해 보고픈 강한 충동이 생긴다.

우리가 살고 있는 이 현실의 감옥은 악명 높은 쇼생크 감옥보다 더 탈출하기가 힘들다. 그래서 탈출은 무모하고 의미 없는 일이며 충실히 감옥 생활에 적응하며 살고 작은 것이나마 자신의 존재감을 가지게 하는 일에 만족하며 사는 것이 더 현명하다고들 한다.

명상은 다행히 두 가지 방법을 제시한다. 하나는 감옥생활에 적응이 잘 되게 하는 것이고 또 하나는 탈출하는 방법을 제시하는 것이다. 자신이 감옥에 산다고 생각하고 있다면 어차피 두 가지 중에 하나를 선택해야 한다. 아니면 절대 여기는 감옥이 아니라고 생각하고 살든가.

나 또한 통쾌한 탈출을 꿈꾸고 있는 사람 중의 하나다. 있는 동안은 잘 살고 그러면서 조금씩 기회를 만들어 가고 있다. 작은 망치로 단단한 흙을 한 없이 파내려 가는 기분, 다행히 명상이라는 작은 도구가 있어 오늘도 표시 안 나게 나를 파내려 간다.

제대로 보고 사는 건가?

아주 오래전에 한 신문에서 이런 내용을 본 기억이 난다. 그때 서울에서 남북 적십자 회담이 열린 직후였는데 남한의 번화한 모습에 대해 무슨 생각이 들었냐고 기자가 한 북한 측 인사에게 물었다. 그 사람이 답하기를 남한은 아직도 거지가 많고 못사는 나라인데 이번 행사를 위해 아마 많은 사람과 차를 옮겨 놓고 일부러 건물을 지은 것이 아니냐고 반문했다고 한다.

우리로서는 웃음이 절로 나오는 상황이었는데 그 기사를 읽고 '사람이 이렇게도 세뇌가 될 수 있으며 또 눈으로 직접 보고도 저렇게 엉뚱하게 왜곡해서 받아들이기도 하는 구나.' 라는 생각이 들었다. 철저한 교육으로 인해 그렇게밖에 볼 수 없었을지는 모르지만 만약 그 사람이 지금 다시 남한에 온다면 또 다른 시각으로 지금의 상황을 인

식할 것이다.

　명상이라는 것을 통해 나 자신에 대해 알아가다 보니 어느 순간 나 또한 나 자신과 세상에 대해 엄청난 왜곡을 하고 있다는 사실을 알게 되었다.　십수 년 전의 북한 사람들보다 더 어리석고 심각한 왜곡을 하고 살면 살았지 덜하지는 않다.

　분명 나 또한 지금 내 눈 앞의 것을 보고 듣는다. 그러나 있는 그대로 보고 듣지는 못한다.　대부분의 사람들은 지금 자신이 보고 듣는 것에 의심을 하지 않을 것이다. 보고 듣는 것이 문제가 되는 것은 아니다. 다만 보거나 들을 때 다 듣고 보기보다는 마음이 끌리는 것에 더 마음을 기울일 것이다. 그리고 받아들일 때 자신만의 고유한 반응이 따라 붙을 것이다.　바로 이러한 각자의 고유한 반응이 있는 사실을 왜곡하게 만든다.

　우리는 살아오면서 많은 교육을 받고 많은 것을 경험한다. 이런 것들을 통해 일종의 관념이 형성되며 나 자신을 어떤 형태로 세뇌시킨다. 역사 교육이나 종교, 이념 등이 대표적인데 나라마다 역사적 관점이 다르며 종교나 이념에 따라 세상을 바라보는 방식이 달라진다. 그러나 이러한 것들보다 더 심각하게 우리 스스로를 세뇌시키는 것이 있는데 바로 탐욕과 무지이다.

　똑같은 현상과 상황이라도 이해관계에 따라 다르게 해석되며 일단 욕망에 눈이 가려지면 다른 것을 보지도 못하며 자신의 방식대로만 보려한다. 무지는 현재 자신에 대한 사실적 이해가 없는 상태인데 부정확하고 대략적 정보만으로 자신과 타인에 대해 판단하며 산다.

이렇게 여러 요인에 의해 심각한 수준으로 세뇌되어 있기 때문에 결과적으로 어떤 현상을 왜곡해서 받아들일 수밖에 없다. 왜곡해서 어떤 사실을 받아들이게 되면 이때 성냄과 불만족이 발생한다. 성냄과 불만족은 더 말할 필요 없이 우리를 가장 괴롭게 하는 요소들이다.

성냄과 불만족이 너무나 괴로워서 흔히 사람들은 기도와 명상 수련을 통해 이 성냄과 불만족을 해소하려 한다. 만약 성냄과 불만족 그 자체를 없애려 한다면 이것은 그림자를 잡으려는 헛된 노력이 될 것이다. 성냄과 불만족은 본래 그 실체가 따로 있는 것이 아니다. 어떤 원인과 조건에 의해 발생하는 현상일 뿐이다. 그래서 성냄과 불만족을 없애려 한다면 그 원인과 조건을 잘 알고 성냄과 불만족이 생기는 상황을 피해가거나 만들지 않아야 한다.

성냄과 불만족이 생기는 근본 원인은 사실을 있는 그대로 보지 못하는 것에서 비롯된다. 지혜롭게 사실적으로 자신과 외부의 어떤 현상을 파악하면 세뇌와 왜곡의 영향에서 한결 벗어날 수 있을 것이다. 그리고 그 만큼 갈등과 마음의 번민은 줄어들 것이다.

그래서 명상 수행의 핵심은 보고 이해하는 것이라 한다.

중도의 현대적 의미

긍정 명상 시간이 되면 수행하기 전에 참가자들의 단점 혹은 장점을 쓰게 한다. 먼저는 자기 자신의 장점을 쓰게 하고 그 다음으로 같이 시간을 많이 보내는 사람들의 장점을 써보게 한다.

평소 깊이 생각해 보지 않았던 사람들은 자신의 단점이나 장점에 대해 생각하는 게 어색하기도 하고 잘 떠오르지 않기도 한다. 하지만 시간이 흐르면 나름대로 단점이라 생각하는 것 또는 장점이라 생각하는 것을 적게 된다.

여러 사람들이 같이 하게 되면 각자의 장·단점을 소개하고 비교하기도 하는데 이때 각각의 장·단점이 서로 상반되는 경우도 있다. 즉 똑같은 사실을 어떤 사람들은 장점이라 생각하고 어떤 사람들은 단점이라 생각하고 있다는 것이다.

그리고 특히 같이 시간을 많이 보내는 사람과 비교해 보면 나 자신의 장점이라 여겼던 것들이 상대방의 눈에는 나의 단점으로 보이기도 한다. 나의 장점이 상대방을 짜증나게 하고 힘들게 했다는 말이기도 하다.

자기는 잘 한다고 하고 있는데 이런 요소가 때론 상대방의 감정을 상하게 하거나 각자의 견해가 틀림으로 인해 문제가 있는 것처럼 보인다.

결국 좀 더 깊이 헤아려 보면 장점이나 단점은 상대적이며 양면성을 가지고 있다는 것을 알 수 있다. 같은 사실이 상황에 따라 혹은 성격이나 인식의 차이에 따라 전혀 다른 성질이 되는 것이다. 문제는 평소 우리는 이러한 것은 장점이다, 혹은 단점이라고 일방적으로 생각하고 믿어 버린다. 그리고 이런 양면성에 대해 생각하려 들지 않는다.

양면성을 고려하지 않고 생각이 어느 한 쪽에 고정되어 버리면 반드시 갈등과 고통을 초래한다. 선과 악이 생기고 나와 남이 생겨난다. 그리고 자신의 입장을 강하게 믿어버리면 정말로 그 고통은 오래오래 지속되고 그리고 넓게 퍼져간다.

안타깝게도 우리는 거의 대부분을 이러한 믿음 속에서 살아가고 있다. 가끔 그 믿음이 틀렸다는 것을 알더라도 이제까지 믿어왔기 때문

명상 그리고 차 한 사발

에 좀처럼 바꾸려 하지 않는다. 그리고 자신의 믿음을 옹호하려 또 다른 믿음을 만들어 낸다.

우리는 어떤 사실을 안다고 할 때 그 사실이 상대적이며 양면성을 가지고 있다는 것을 알 뿐만 아니라 실로 여러 차원이 있다는 것을 반드시 알아야 한다.

평소 우리는 우리의 여러 처지를 일일이 다 사람들에게 보여줄 수 없고 말할 수 없다. 말할 수 없는 것들도 있고 또 말할 시간이 없기도 하다. 그리고 말 안 해도 다 알겠지 라고 착각하고 살기도 한다.

밥을 굶고 있는 사람이 다이어트를 하기 위해 굶는지 아니면 돈이 없어서 굶는지 또는 밥 먹을 시간이 없어서 굶는지 그 사정을 우리는 설명해 주기 전에는 잘 알지 못한다. 그런데 이것을 자기 생각으로 '저 사람은 몸도 날씬한데 왜 밥을 안 먹을까?'라는 한 가지 생각만을 고집하게 되면 상대방이 이상한 사람으로 보일 수밖에 없는 것이다. 나름대로 사정이 있어 밥을 안 먹는 사람에게 생각해 준다고 밥 먹으라고 잔소리한다면 결과는 그리 좋지는 않을 것이다.

어떤 사실은 상황에 따라 좋고 나쁨이 결정될 수 있고 또 항상 양면성을 동시에 가지고 있다는 사실을 잘 알면서 생각이 한 쪽에 치우치지 않고 모든 상황을 고려해 바라보는 것을 바로 중도적인 시각이라 한다.

이런 중도적인 시각을 갖기란 참으로 어렵다. 일단 우리는 우리 생각의 범위 내에서 살고 있고 또 우리 생각대로 보려하기 때문이다.

모두가 평화와 조화를 부르짖고 간절히 희망한다. 또한 우리 각자가 바라는 행복은 평화와 조화 없이는 절대로 얻어질 수 없다.

평화와 조화는 무력과 타협으로 얻어지지 않는다. 우리 모두가 중도의 의미를 잘 알고 직접 실천해 갈 때 그 자리에 존재하는 덕목들이다.

명상 그리고 차 한 사발

차 한 잔의 행복

미얀마에서 잠시 귀국했을 때이다. 미얀마에서 오래 살 작정으로 이것저것 정리할 것도 정리하고 필요한 것을 챙기러 왔었다. 그때 차를 좋아하는 사람들과 자연스럽게 명상에 대해 이야기할 기회가 있었다. 기본적으로 나 자신이 해왔던 수행에 대해 이야기 했는데 차인들은 차를 마시며 수행하는 법을 알고 싶어했다.

처음 차를 제대로 알고부터 먼저 배웠던 것이 차와 수행이 하나라는 것을 보여주는 선차禪茶 다법이었다. 차도 제대로 알지도 못했을 뿐더러 수행은 더더욱 몰랐었다. 깊이있는 내용은 잘 모르고 어떻게 차를 마시는지 방법만 배웠다.

게다가 그 당시 배웠던 차 마시는 법은 일종의 행사를 위한 다법茶法이었다. 그래서 일상생활에서 마실 때와는 좀 달랐다. 먼저 선차다법을 배웠고 나 자신이 승려였기 때문에 선차다법의 캐릭터로서는 이상적이었다. 때문에 무슨 차 행사가 있으면 스님들이 수행하면서 이렇게 차를 마신다는 시범을 보이러 다니기도 했다. 제대로 알기도 전에 행사에 다니는 것에 재미를 붙여 일본이나 유럽 등지에까지 시범을 보이러 다녔다.

제목은 선차 즉 명상하며 마시는 차였지만 실질적으로는 흉내만 내는 쇼에 불과했다. 그냥 겉보기에 명상하는 모습만 보여주는 것이다. 그래도 덕분에 차에 대해 이것저것 들은 것이 많아져서 저절로 차 공부가 된 것은 큰 수확이었다고 생각했다.

선차라는 것을 여기 저기 시범 보이러 다니니까 모르는 사람들은 내가 차에 대해 굉장히 박식하고 또 무언가 특별한 비법이 있는 것이 아닌가 생각하는 사람들도 있었다. 그래서 미얀마에서 명상 공부까지 하고 왔다고 하기에 차 마시기가 자연스럽게 명상이 될 수 있는 법에 대해 궁금해 한 것이다.

차 생활이 분명 여러 차원으로 우리의 정신과 육체에 유익하게 작용하고 정서적으로도 무척 중요한 역할을 한다는 것은 사실이다. 많은 차인들이 이러한 부분은 직접 경험하여 알고 있었지만 어떤 원리에 의해 차가 정신적으로 유익하게 작용하는지에 대해 좀 더 구체적으로 알고 싶어했다. 이러한 물음은 나에게 차와 수행의 관계에 대해 더 깊은 관심을 갖도록 하였다.

그러던 차에 독일 프랑크푸르트에서 국제 도서전이 열릴 예정이었고 2005년도는 한국이 주빈국이었다. 그래서 대대적으로 한국의 문학과 문화를 알리는 행사가 기획되었다. 이 행사의 일환으로 한국의 독특한 다법인 선차 시범이 계획되었고, 행사에 참석해 달라는 요청이 들어왔다.

이제 보여주기식 차 마시기는 그만하겠다고 작정하고 있었는데 당대 한국의 최고 문인들과 함께 행사에 참여한다는 것에 마음이 동하고 말았다. 그래서 참여를 결정하고 미얀마에 다시 들어갔다가 금방 되돌아오게 되었다.

이 행사를 목적으로 제대로 명상하며 차를 마시는 연습을 시도해 보았다. 한국 문화를 알린다는 취지도 있었지만 이번에는 진짜로 차 마시며 명상하는 모습을 보여주고 싶었다. 행사에 불과하지만 만약 진정으로 차 마시며 명상을 할 수 있다면 나의 겉모습뿐만 아니라 마음의 상태까지 표현이 가능할 것이고 이러한 상황은 나를 보는 사람들의 마음에 유익한 영향을 줄 수 있을 것이란 생각이 들었다.

짧은 기간이었지만 미얀마에서 명상을 수행한 것이 큰 도움이 되었다. 나의 행위와 자세, 느낌, 감정, 마음의 상태, 일어나고 있는 생각 등을 분명하게 알고 관찰해 가는 수행법이었기에 차를 마시며 이 방법을 시도해 보니까 정말로 너무나 명상 수행이 잘 되었다.

행사가 멀지 않아 드디어 독일행 비행기를 탔다. 주변에는 이름만 알고 있는 여러 유명 작가들이 앉았다. 개인적으로 한 자리에서 이렇게 많은 작가들을 본다는 것이 현실로 여겨지지 않았다. 옆 자리에 앉았던 모 작가에게 물었다. 이런 기회가 자주 있었느냐고.

그 분의 말씀이 "아마 건국 이래 처음일 겁니다. 내가 수십 년 작가 생활 해왔지만 이렇게 모여본 적은 없지요. 평상시 같으면 모이래도 안 모입니다. 다들 유명하고 대단한 사람들이라서."

그 작가들에게 나는 분명 이상하게 보였을 것이다. '처음 보는 젊은 스님, 분명 글쟁이는 아닐 것이고 왜 우리와 같이 갈까?'

독일에서는 각자의 행사로 다들 바빠서 서로 얼굴 볼 시간도 없었다. 돌아오는 비행기에서 다시 상봉했을 뿐이었다. 선차시연팀은 프랑크푸르트 공예 박물관에서 세 차례 행사가 예정되어 있었다. 독일 교과서에도 실려 있는 현대 도자기 작가인 이영재 선생님이 마침 박물관장님과 친구 사이라서 우리 일행은 극진한 대접을 받았다.

만반의 준비를 하고 본격적인 행사에 들어갔다. 고요히 눈을 감고 잠시 호흡을 생각하며 몸의 긴장을 풀었다. 시작을 알리는 죽비 소리에 이어 청아하고 고즈넉한 대금 연주가 시작되었다. 감았던 눈을 서서히 뜨고 천천히 손을 움직여 부드럽게 다포를 개었다. 시연을 감상하러 온 손님들은 소리도 내지 않고 또 움직이지도 않은 채, 온통 나의 손과 얼굴에 시선이 집중되어 있었다.

그들에게는 낯설고 신비한 소리와 같은 대금과 한국의 도자기, 그

명상 그리고 차 한 사발

리고 이상한 복장의 한국 승려는 그 자체만으로도 쉽게 그들의 주의를 끌 수 있었다. 이미 일본의 다도는 유럽에 소개된 지 오래되었고 그래서 우리들도 그네들처럼 엄숙하고 절제된 어떤 퍼포먼스를 보여줄 것이라 미리 생각하고 있었던 사람들도 많았을 것이다.

나는 차를 마시는 모습을 보여주리라 마음먹지 않았다. 그저 내가 명상하는 모습을 보여주려 할 뿐이었다. 다기를 쥐고 천천히 손을 이리 저리 움직이며 차를 우려내었다. 그러면서 나는 손의 느낌이나 움직임의 느낌, 혹은 호흡이나 자세 등 그때마다 잘 느껴질 수 있는 하나를 택해 잘 느껴보았다. 얼마 되지 않아 평소 명상할 때 체험되는 익숙한 느낌이 느껴졌고 이내 객석의 손님들이나 주변의 상황은 별로 신경 쓰이지 않았다.

그저 여러 느낌들을 알고만 있었다. 시선은 눈을 감거나 아니면 찻상의 다구에 집중하고 있었기에 시연 중에 관객을 쳐다보지 않았다. 대략 짐작으로 모든 눈동자들이 온통 나에게 집중되어 있다는 것과 쉼 없이 터지는 카메라 플래쉬로 사람들의 반응을 가늠할 뿐이었다.

20여 분, 차 한 잔을 마시기에는 참으로 긴 시간이었다. 그러나 입으로 차 맛을 느끼는 잠깐의 시간보다 내내 마음으로 온 몸의 느낌을 맛보고 있었던 순간들이 더 훌륭히 영혼을 적셔주었다. 영혼으로 마시는 차 한 잔의 시간은 결코 긴 시간이 아니었다. 끝내기에는 참으로 깊은 아쉬움이 남는 영혼의 차였다.

모든 동작을 끝내고 이제 천천히 고개를 들어 관객들에게 나의 눈빛을 보여주었다. 나 또한 그들의 눈빛을 천천히 둘러보았다. 무언가 할 말을 잊은 혹은 무언가에 홀린 듯한 표정과 눈빛들로 나의 얼굴을 따뜻하게 해주었다.

자리에서 일어나 허리 숙여 인사하자 이제야 시연이 끝났다는 걸 알고서 함성과 박수 소리가 현장을 울리게 만들었다. 조용하고 정적인 행위가 이렇게 수많은 사람들의 마음을 끌고 그 마음들을 얼어붙게 만들었다는 것에 그 자리에 참석한 모든 사람들을 놀라게 하였다.

나 또한 이제 차와 명상이 진정으로 하나가 될 수 있음을 드디어 온몸으로 확인해 보는 순간이었다. '이렇게 하면 되는구나.' 시연을 성공적으로 잘 해서가 아니라 정말로 나의 수행법을 찾았다는 것에 그 흥분이 며칠 동안 가시지 않았다. 그날의 경험은 앞으로 내가 어떻게 수행하고 살아야 하는지를 결정하게 한 커다란 기념비적인 일이었다.

귀국 후 마음속에 생각하고 있던 차와 명상에 대해 더 구체적인 고민을 하게 되었고 결국 차 명상원을 만들었다. 일종의 사고를 친 셈이다. 수행을 충분히 하고 한 것이 아니었고 뜻을 같이 하는 사람들과 어떻게 차와 차 마시기가 유익하게 우리의 메마른 영혼들을 효과적으로 적셔줄 수 있는지 그 방법을 찾아보자고 명상원을 만들었다.

교재도 없고 구체적인 수행 방법도 없었다. 그저 나의 경험뿐이었다. 때문에 다른 사람들과 나의 경험을 같이 공유한다는 것이 시간이

명상 그리고 차 한 사발

지나면서 불가능한 것이라고 여겨지기 시작했다. 그러나 결국 뜻과 마음이 통하는 사람들이 찾아와 주었고 그 분들의 경험과 시행착오 속에 조금씩 방법을 찾아 나가고 있다.

실질적인 경험과 이론적인 자료들을 많은 분들이 아끼지 않고 전해 주셨고 앞으로도 더 많은 자료와 경험들이 축적되어 갈 것이다. 이러한 것들은 내 개인적인 기쁨으로 끝나는 것이 아니라 차를 좋아하는, 아니 진정으로 잘 살아보고픈 모든 사람들의 갈증을 풀어 줄 영혼의 약이 될 것이다.

차를 마시며 명상할 줄 알면 분명 이 닦으며, 걸으면서, 운전하면서 명상할 줄 알게 된다. 원리는 똑같기 때문이다. 결국 우리의 일상 생활이 점점 명상화 될 것이고 이러한 것은 우리의 삶을 질적으로 변화시킬 것이다. 똑같이 출근을 위해, 산책을 위해 걷지만 예전처럼 그냥 걷는 것이 아니다. 매 순간 나를 행복하게 하며 걷게 된다. 차 한 잔의 명상 속에 바로 행복의 비밀이 담겨 있는 것이었다.

콧구멍과 이소룡의 짝짝발

 눈을 감고 들고 있는 찻잔을 지켜본다. 느낌과 형태가 어렴풋이 다가올 뿐이다. 숨을 들이쉬며 더 자세히 느끼고 숨을 내쉬며 더 자세히 느껴본다. 건조해진 날씨 때문인지 콧구멍에 장애물들이 많이 쌓여 들이 쉬고 내 쉬는 숨이 거칠다.

숨소리가 유난히 크게 들리고 힘주어 숨을 쉬어도 왠지 개운하지 않다. 숨소리가 다른 사람의 명상을 방해하지나 않는지 괜히 신경 쓰이고 중간 중간 명상 멘트를 해주어야 되는데 불편한 호흡 때문에 다른 사람들의 마음까지도 불편해질까 마음은 더 답답해진다.

주위 환경에 의한 자연적 현상이라 어찌 할 방법이 없다. 가습기를 쉼 없이 작동시켜 보지만 마르고 막혀가는 콧구멍의 촉촉함은 느껴지지 않는다. 아무래도 가습기 한 대를 더 구입해야 할 것 같다.

　명상 중 답답한 호흡 때문에 이런 저런 고민을 하다가 문제의 원인이었던 콧구멍을 집중적으로 느껴보기 시작했다. 피해갈 수 없다면 이용할 수밖에.

　좁아진 통로 때문에 자극이 더 강하게 느껴지고 소리 또한 귀에 들릴 정도로 발생하고 있기에 오히려 집중은 더 잘 되었다. 소리를 들으면서 동시에 느낌에 빠져들자 매서운 겨울바람의 느낌이 들기도 하고 밥솥의 밥이 익어갈 때 김빠지는 소리가 들리기도 한다.

　오래 듣고 있자니 일종의 연주소리로 들린다. 박자에 맞춰 연주되는 어렸을 적 풀피리 소리 같았다. 정겨운 느낌마저 들면서 서서히 코가 촉촉해지는 듯하다. 옛 생각에 코에서 눈물을 흘리는 것인가? 아무튼 점점 시원해지면서 더 편안히 코에 집중이 되어간다.

　장애라고 생각했던 것이었는데 병 주고 약 준다는 말이 있듯이 이젠 집중의 좋은 대상이 되어주었다. 고마운 코막힘이여!

　왕년의 액션스타 이소룡의 발은 짝짝이다. 잘 표시가 안 나지만 오른 쪽 다리가 왼 쪽보다 살짝 짧았다고 한다. 그래서 그의 무술자세는 항상 왼발이 앞에 나와 있다. 또한 그의 시력은 아주 나쁜 편이다. 때문에 평소 콘택트 렌즈를 항상 착용하고 다녔다고 한다.

　나쁜 시력과 짝짝이 발은 결코 무술하기에 좋은 조건이 아니다. 그러나 그는 이러한 조건을 자기만의 방식으로 이용하였다. 오른 쪽 다리의 위력이 더 있음을 알아서 집중적으로 오른쪽 발차기를 연습하였고 나쁜 시력 때문에 가까운 거리에서 사용할 수 있는 무술을 집중적으로 연마하였다.

그는 말했다.

"나는 내 한계를 있는 그대로 받아들였고 오히려 그것들을 완벽하게 이용하였습니다. 대다수 일류 무술인들은 수백 가지의 동작을 익히는데 수년을 허비하지만 한판 승부나 겨루기에서 대가는 단지 너댓 가지 기술만을 반복해서 사용합니다."

우리는 평소 이런 말을 자주한다. "무엇 때문에 안돼." "누구 때문에 안돼."

장애를 단지 장애로써 받아들인다면 장애일 수밖에 없다. 그러나 장애는 나로 하여금 더 많이 고민하게 하고 더 많이 노력하게 한다. 단지 바라보는 시각에 차이가 있을 뿐이다.

명상에서는 장애를 다섯 가지로 정리한다. 감각적인 욕망, 분노, 게으름과 나태함, 잡생각과 들뜸, 회의적 의심 등이다. 이 다섯 가지 명상의 장애요소는 명상에만 장애가 아니라 우리 삶도 멍들게 하고 어둡게 하는 장애들이다.

그러나 이 장애요소들이 항상 장애로만 작용하지는 않는다. 명상을 하면서 장애 요소들이 나의 몸과 마음에 영향을 미칠 때, 저격수가 잠복하면서 저격 대상을 기다리다 대상이 나타나면 방아쇠를 당기듯 곧 바로 장애를 일으키고 있는 상태를 집중적으로 파악해 들어

명상 그리고 차 한 사발

가면 유익한 명상의 도구가 된다.

명상은 나를 있는 그대로 관찰하고 이해해 가는 과정이다. 내가 이해해야 할 나는 항상 편안하고 고요한 상태의 나가 아니다. 욕망에 허덕이고 화를 내면서 여러 번민에 괴로워하고 있는 나도 반드시 알아야 한다.

힘들어하고 있는 나를 제대로 바라볼 수 있을 때 나에 대한 이해는 더 사실적으로 깊어진다. 부처도 희로애락을 경험할 수 있는 인간세상에서 깨우침을 완성했다. 삶과 수행의 장애는 다른 말로 깨달음의 지름길이다.

차맛과 진리는 같은 맛인데

대중음악을 하는 한 음악가와 이야기할 기회가 있었는데, 그는 독특하게 음악과 수행을 비교하면서 자신의 음악관을 설명하였다. 그의 설명에 의하면 세 부류의 음악인이 있는데 첫째 부류의 음악인은 노래 가사가 좋아서 음악을 듣는 사람이고, 다음 부류의 음악인은 노래 가사도 좋고 리듬이나 가락도 즐기는 사람이고 마지막 부류의 음악인은 노래 가사와 상관없이 그 리듬과 이미지를 즐기며 세상에서 들려오는 소리들을 음악적으로 해석하고 즐기는 사람이라고 한다.

도를 닦는 수행도 그와 비슷해서 이론이나 말만으로 도를 행하는 부류가 있고, 이론과 약간의 실천을 병행하며 도를 행하는 부류, 마지막으로 어떤 특정한 이론이나 사상, 종교를 내세우지 않으면서 그

저 다른 사람들을 편안하게 해주고 부드럽게 해주기 위해 도를 행하
는 부류가 있다고 한다. 생각이 좀 독특하지만 나름대로 일리가 있는
정의라고 생각하였다.

차를 마시면서 문득 그 음악가의 이론이 다시 떠올랐다. 차를 마시
는 사람들도 여러 부류가 있으며 각자 자신의 취향대로 차를 사랑하
고 있다는 사실이 음악을 좋아하는 사람들의 경우와 너무 비슷해 보
였다.

어떤 사람은 차가 몸에 좋아서 마신다. 또 다른 사람은 차 마시는
모습이 아름다워서 차를 마신다. 그리고 또 어떤 사람들은 차가 되든
술이 되든 그냥 편안하게 마시며 함께 어우러지는 것이 좋아 차를 마
신다.

어느 방식이 더 낫다고 평가할 수 없으며 순전히 각자의 방식대로
차를 마실 뿐이다. 차는 아무 말도 하지 않고 그저 같은 차맛을 맛보
게 한다. 그 차를 마시는 사람들이 이런 저런 말을 할 뿐이다.

생각해 보니 세상일이 전부 이와 비슷해 보였다. 모든 면에서 여러
부류가 있게 마련이고 각자 자신의 방식대로 자신의 삶을 즐긴다.

그런데 나와 다른 방식으로 사는 사람을 보면 우리는 간혹 분노를
일으킨다. 나와 같은 생각과 수준을 기대하지만 그렇지 않으면 왜 그
렇게 밖에 하지 못하는가 생각해서.

맛있는 차 한 잔을 같이 나누면 말이 필요 없다. 차맛이 곧 마음이

기 때문이다. 어떤 잔을 쓰는지, 어떻게 우려내는지, 무슨 차를 마시는지가 필요 없다. 그저 그 순간을 공유하고 자신이 느낀 만큼 감흥을 가지고 간다.

간혹 차를 마시다 차맛이나 분위기에 아주 도취되어 오직 차를 마시고 있는 그 때 순간만을 알기만 할 때가 있다. 이때는 맑은 기운까지도 느껴지는데 이 느낌은 차를 마시고 난 후에도 오랫동안 지속된다. 이 기운을 느끼고 있으면 휴식이 저절로 되고 또 동시에 충전이 되는 느낌을 가진다. 그런데 이런 기운을 느끼려면 그 순간 모든 것을 놓아버리고 그저 그 순간에 충실해야만 된다. 또한 혼자보다는 여러 명이 같이 이 같은 마음을 먹고 있으면 기운이 더 강하게 느껴진다.

무슨 일을 하든 같은 순간 같은 마음을 공유한다는 것은 쉽지 않다. 그러나 이렇게만 할 수 있다면 반드시 더 강한 기운을 서로 느낄 수 있다. 기도나 명상, 운동, 취미활동 등을 통해서 이러한 느낌을 경험할 수 있는데 더불어 같이 잘 살아가야 되는 이유를 명확히 깨닫게 된다.

후진이 안 되는 인생

토요일 오후, 명상 수업을 끝내고 급히 약속 장소로 가려던 참이었다. 수업이 늦게 끝나 약속 시간에 제대로 도착할 수 없어 전화를 해놓았지만 최선을 다해 서둘렀다. 가는 길에 책을 여러 권 가져가야 되어서 우선 지하 주차장으로 향했다.

시동이 걸리자마자 변속기어를 집어넣고 바로 출발하였다. 차에게는 약간 미안한 생각이 들었지만 하는 수 없었다. 차가 움직이고 나서 기어를 2단으로 바꾸려 하는데 좀처럼 쉽게 변속이 되질 않았다. 날씨가 추워 기계들이 아직 뻑뻑해서 그런가 보다 생각하고 우선 1단으로 주차장을 빠져 나왔다. 길가에 차를 세우고 변속 기어를 점검해 보는데 나무에 박힌 헐렁한 못을 흔들어 빼는 듯한 느낌이 들었다.

점점 시간은 흘러가고 다시 주차장에 들어갔다 나오는 데에 시간이 많이 걸릴 것 같아 기어를 억지로 이리저리 움직여 봤다. 어느 순간 다시 예전처럼 부드럽게 기어레버가 움직였다. 다행이라 생각하고 다시 시동을 걸고 차를 움직였다.

속도를 내고 기어를 2단으로 바꾸려 하는데, 무언가 느낌이 이상했다. 분명 기어는 잘 들어갔는데 차가 소리만 요란할 뿐 공회전만 한다. 급하게 차를 다시 세우고 시동을 건 채 다시 점검을 해보았다. 홀수의 기어는 작동을 하는데 짝수단의 기어와 후진기어가 전혀 먹히질 않는다.

아무래도 변속기어에 연결되어 있는 케이블 중의 하나가 끊어진 듯하다. 변속레버가 짧아 중간에 짧은 토막을 더 이어붙여 다른 것들보다도 한참 길다. 큰 힘을 들이지 않고 기어를 바꿀 수 있어 좋긴 하지만 무리한 힘을 가하면 어떤 일이 발생할지도 모른다는 생각을 했었다. 추운 날씨에 갑자기 큰 힘을 써서 기어를 바꾸다 보니 케이블이 툭 끊어진 것 같다.

시간도 촉박했지만 토요일 저녁이라 차 수리점도 문을 닫아 그냥 차를 움직여 보기로 하였다. 1단 기어에서 속도를 더 내고 바로 3단으로 바꾸었다. 또 속력을 내어야 할 때는 5단 기어를 사용하였다. 약간의 불안감 속에 그나마 차가 움직여 줘서 다행이라는 생각이 들었다.

약속 장소 부근에 간신히 도달하였다. 그곳은 일방통행 길로 얽혀

명상 그리고 차 한 사발

있는 곳인데 경우에 따라서는 뻔히 보이는 곳이지만 다른 곳으로 우회를 해서 들어가야만 하는 때도 있다. 평소 이 길을 다닐 적에 가끔 일방통행을 무시하고 반대편에서 오는 차를 자주 보았다. 주택가 골목이라 대수롭지 않게 생각하고 쌍방이 양해를 해주는 편이다.

시간이 너무 늦어 도저히 돌아서 들어올 여유가 없었다. 서둘러 가려고 일방통행길을 역으로 달려 들어갔다. 길을 들어선지 얼마 되지도 않아 맞은 편 차를 만났다. 옆으로 피할 장소를 찾았지만 주말 오후라서 그런지 양쪽이 빈틈없이 차로 꽉 차있었다.

심각한 상황이다. 후진이 될 때는 미안하다고 인사 꾸벅하고 적당한 자리를 찾으면 되는 상황이다. 그러나 후진기어가 먹히질 않아서 차는 앞으로만 갈 수 있다. 골목길에 차는 점점 늘어나서 맞은 편 차 뒤로도 차 행렬이 길게 이어졌다.

차에서 내려 백 번 잘못했다고 빌고 사정 이야기를 하였다. 고장 난 차를 왜 끌고 나왔냐고 짜증 섞인 고함을 한동안 들었다.

"아저씨, 제가 제 차 앞에서 뒤로 밀 테니까 제 차 좀 운전해 주시겠습니까?"

"내가 왜 스님 차 운전합니까? 할 수 없지요. 제가 밀 테니까 스님이 운전하세요."

차가 마티즈라 불행 중 다행이었다. 큰 차였으면 욕을 추가로 더 먹었을 것이다. 두 사람의 장정이 차를 미니까 쉽게 뒤로 움직였다. 상황을 잘 모르는 사람들은 이상한 눈길로 나를 쳐다본다. 오던 길을 다시 거꾸로 빠져 나왔지만 너무나 미안하고 무안해서 시간이 어떻게 흘러가는 지도 몰랐다.

그럴 리야 없겠지만 후진이 안 되는 차는 자신만 불편하게 하는 것이 아니라 다른 사람들까지 피해를 끼칠 수 있다는 것을 처음 깨닫게 되었다. 대부분의 교통수단은 후진할 수 있다. 비행기만 빼고. 비행기는 오직 앞으로만 갈 수 있는데 후진할 때는 작은 트럭이 바퀴를 밀어 준다. 가끔 초보운전자들 중에는 후진을 잘 못하는 분들이 계시긴 한데 주변 사람들이 좀 고생한다.

약속 장소에 드디어 도착했다. 예정보다 한 시간이나 늦었다. 그러나 또 문제가 생겼다. 차를 주차라인에 집어넣어야 하는데 들어갈 때, 혹은 나올 때, 한 번 이라도 후진을 해야 한다. 할 수 없다. 나올 때 편하려면 주차할 때 또 신세를 지는 수밖에.

지나가는 청년에게 부탁했다. 차가 스스로 후진이 안 되서 그러니 차 좀 밀어달라고 했다. 어이없는 표정이었지만 스님이라서 그런지 순순히 차를 밀어주었다. 한 번에 잘 하려다 보니 이상하게 주차가 되었다. 미안하다고 하고 다시 밀어달라 해서 제자리를 잡았다.

앞으로만 잘 가면 되겠지라고 생각하지만 정말로 후진은 없어서는 안 될 필수 요소이다. 상황에 따라 뒤로 물러서야 할 때도 있고 잘못했으면 다시 해야 될 상황을 만나기도 한다. 뒤로 갈 수 있다는 것의

명상 그리고 차 한 사발

귀중함은 너무나 당연해서 평상시에는 제대로 그 가치를 인정받지 못하는 듯하다. 만약 모든 차들이 후진이 안 된다면, 없는 게 더 편할지도 모른다.

후진이 안 되는 것 중에 가장 대표적인 것이 우리 인생일 것이다. 시간은 앞으로만 흘러가기 때문이다. 살다보면 후회 속에 인생을 뒤로 후진하고 싶어하는 사람들이 꽤 많다. 그때, 그렇게 하였으면……. 그때, 그렇게 하지 않았으면……. 안타깝다.

내가 일방통행 골목에서 겪었던 것보다 수천 배 정신적 고통이 클 것이다. 삶 속에서 자신의 뒤를 살펴보는 것이 그나마 우리가 할 수 있는 최대의 후진 기능일 것이다.

자동차뿐만 아니라 삶의 방식도 전진만 있으면 자신과 남을 피곤하게 만든다. 양보 없이 오직 자신의 길만 중요시 한다면 갈등과 이별, 좌절 등의 인생 사고를 당하게 된다. 시간은 뒤로 후진할 수 없지만 우리의 마음은 물러섬이 가능하다. 조화라는 신호등을 잘 지키고 양보라는 후진기어를 제 때 잘 사용한다면 체증 없는 인생 여행이 될 것이다.

성공의 열쇠 '자각의 힘'

세 부류의 사람들이 있다. 시간이 지나면서 발전과 성숙을 거듭하는 부류, 제자리에 머물러 있는 부류, 그리고 마지막 세월이 흘러가면서 점점 어리석어지거나 단순해지는 부류가 있다. 세 부류의 사람들 중에서 처음과 두 번째 부류의 사람들은 나름대로 열심히 살려고 노력을 하고 있으나 마지막 부류의 사람들은 선천적으로 혹은 여러 이유 등으로 실의에 빠져 살거나 그냥 현실을 쉽게 즐기고 살고자 하는 사람들이다.

첫째 부류와 두 번째 부류의 차이를 보면 다음과 같다. 둘 다 노력은 한다. 그런데 첫째 부류는 적극적 노력을 하고 둘째 부류는 소극적 노력을 한다. 성격적으로 혹은 상황과 조건 등의 이유로 노력에도 차이가 난다. 흔히 두 번째 부류를 현실 안주형이라 부른다.

그런데 이 두 부류 간에 가장 큰 차이는 자각이 어느 정도 작용하느냐이다. 자각은 말 그대로 현재 자신의 상태를 잘 알고 있는 것이다. 작게는 몸의 느낌이나 자세 등에서부터 넓게는 현재 자신의 주변 상황, 상태 등을 잘 아는 것이다. 자각의 기능이 작용하는 사람들에게는 어떤 형태로든 피드백이 생긴다. 즉 노력과 함께 긍정적인 변화가 찾아오고 다시 긍정적인 변화 때문에 더 노력하게 된다. 이러는 과정 속에 발전과 성숙이 이어진다.

자각 없이 열심히 노력해도 어느 정도 성과는 거둘 수 있다. 그러나 그 성과는 단순히 한 분야에 그치는 경우가 대부분이다. 가령 매일 걷기 운동을 한다고 치자. 자각 없이 걷기만 하는 사람에게는 그저 운동의 효과 밖에 없다. 그러나 자각하면서 걷기 운동을 하면 운동도 되고 자신을 더 깊이 더 냉정하게 바라보는 능력과 집중력, 정신력 등의 유익한 마음 기능이 함께 계발된다. 이러한 유익한 기능들은 결국 삶의 질을 더 높여주는 역할을 하게 되고 이런 변화와 체험을 통해 더욱 자신을 자각하고 싶어한다.

동물 중에서도 자각을 잘 하는 동물일수록 생존 확률이 높다. 눈앞의 먹이에만 정신이 쏠려 있으면 가까이 다가오고 있는 위험을 알아차리기가 쉽지 않기 때문이다. 동물의 세계 같은 TV 프로를 볼 때 유심히 잘 보면 방심하고 있는 틈에 맹수에게 잡아 먹히는 동물들의 모습을 볼 수 있다. 자신과 주변 상황을 잘 알고 있는 것이 동물들에게는 일종의 자각과 같다. 현대의 치열한 경쟁 속에서 인간 역시 자각력이 뛰어난 사람일수록 경쟁에서 살아남을 확률이 더 높다. 강한 자각력 덕에 안과 밖으로 자신과 주변 상황을 더 잘 파악하게 되면 결과적으로 정보 습득이 많아지고 분위기 파악을 잘하기 때문이다.

명상을 직접적으로 하지 않더라도 성공하는 사람들은 일반 사람들보다 자신의 현재 상태와 전체적인 흐름을 잘 자각한다. 명상에서와는 달리 자각의 대상이 개인의 정신적, 육체적인 것이 아니라 주로 현재 상태와 전반적인 사회 흐름이 될 뿐이다. 어떤 형태로든 자각의 힘이 커지면 자신의 문제와 어떤 것이 필요한지, 그리고 앞으로 어떻게 해야 되는지 더 분명하게 알게 된다. 명상에서는 자신을 자각하면서 자신을 올바로 이해하는 지혜가 생겨나는데 세속적인 자각에서도 마찬가지로 현실 상황에 대한 안목이 생긴다.

지금 시대 경영자들에게 주목 받는 대표적인 경영 기법 중에 몰입과 통찰 경영 등이 있다. 성공한 사람들이나 앞으로 성공하고 싶어하는 사람들이 가져야 할 경영 덕목들인데 이 몰입이나 통찰 경영 역시 근본은 자각을 바탕으로 하고 있다. 원래 몰입과 통찰은 명상 용어이다. 몰입은 집중을 의미하며 삼매라고도 한다. 또 통찰은 흔히 관법 灌法이라고도 하는데 어떤 현상을 여러 차원으로 꿰뚫어 아는 것이다. 내부적으로 자신을 알아 가는데 필요한 능력인 몰입과 통찰력을 외부적인 상황과 전체적인 흐름을 파악해 가는데 활용한다. 그런데 앞으로는 이 몰입과 통찰의 능력을 가진 자가 성공적인 리더가 될 수 있다는 것이다. 사실은 앞으로가 아니라 이제까지 성공한 사람들은 이 두 능력을 가지고 있었다. 다만 사회적으로 성공 요인의 표현이 달랐을 뿐이다. 어쨌든 자각의 힘이 밑바탕 되지 않고서는 제대로 몰입과 통찰이 일어나지 않는다. 그래서 이제까지 성공한 사람들은 외부적으로나마 어느 정도 자각 능력을 활발히 사용한 사람들이라고 볼 수 있다.

자각을 하게 되면 내적으로 혹은 외적으로 어떤 현상에 대한 이해가 얻어진다. 기본적으로 크게 두 가지 특성을 알게 되는데 모든 것은 끊임없이 변화하고 있다는 사실과 모든 현상은 서로 서로 조건과 상황에 의해 영향 받고 있다는 사실이다.

한 개인을 중심으로 볼 때 육체적 느낌이나 정신적 느낌, 생각 등은 스스로 발생하기 보다는 어떤 조건과 원인에 의해 발생한다. 그러면서 매 순간 빠르게 변하고 있다. 사회 현상이나 자연 현상의 측면에서 볼 때도 마찬가지로 모든 현상은 스스로 또 독단적으로 일어나기 보다는 무수한 조건과 상황에 의해 발생하며 매순간 양상이 변한다. 자각을 통해 변화와 조건의 특성을 잘 파악하는 사람은 변화를 적극 받아들이게 되고 어떤 현상을 다각도로 보는 안목을 가질 수 있다.

내부 현상에 대한 자각이든 외부 현상에 대한 자각이든 원리는 마찬가지이다. 그렇기 때문에 내부 현상에 대한 자각력이 커지면 자연스럽게 외부 현상에 대한 자각력도 커진다. 반대로 외부적인 자각력이 발달한 사람은 내부적 자각력 또한 쉽게 이해하고 받아들인다. 어떤 형태로든 자각력이 계발되면 서로 연동된다. 단지 차이점이 있다면 자각의 목적이 다를 뿐이다.

내부적인 대상으로 자각이 이루어질 때는 주로 마음의 휴식이나 평온 또는 자신을 제대로 알고 싶어서이다. 그리고 외부적인 대상으로 자각이 이루어질 때는 자신의 능력을 더 극대화 시키고 성공하고 싶어서이다. 그런데 목적과 자각의 대상이 꼭 일치해야 효과가 있는 것은 아니다. 즉 자신의 능력을 극대화 시키고 사업의 성공을 위해 자신의 내부적인 것을 대상으로 자각해도 그 효과가 있을 수 있다. 비록 개인적이거나 자신의 내적인 현상을 자각하지만 자각능력이 어느 정도 이상 강해지면 외부 현상에 대한 자각 능력도 커지기 때문이다.

가장 이상적인 방법을 제시한다면 내부적으로 그리고 외부적으로 함께 자각 능력을 계발시키는 것이다. 상황과 여건에 따라 내부적인 것을 대상으로 할 때는 내적인 현상을 자각하고 외부적인 상황을 자각해야 할 때는 외적인 현상을 자각하면 된다. 여기서 내적이다 외적이다 라고 하는 것은 개인적인 것이냐 전체적, 사회적인 것이냐를 말하는 것이다.

이렇게 되면 두 가지 의미를 가지는데 한 목적을 이루기 위해 더 효율적으로 자각이 실행되며 부수적으로 다른 목적의 성과도 얻을 수 있다. 즉 자신의 능력을 계발하는 것이 목적일 때 내적으로 외적으로 자각이 동시에 극대화 되면 더 효율적으로 자신을 계발할 수 있고 또 원래 자기 계발이 목적이었지만 내적인 평온과 자신에 대한 이해가 수반되기도 한다. 또 마음의 평온이 목적이었을 때도 마찬가지로 그저 앉아서 자신만을 중심으로 자각하며 명상할 때보다도 전체적인 상황과 환경을 같이 자각하게 되면 더 효과적이다. 그리고 부수적으로 자신 뿐만 아니라 세상의 흐름을 더 잘 이해하게 된다.

결론적으로 현대인들에게 자각의 역할은 행복의 필수요소이다. 잘 살아보려면 절대로 빠져서는 안 될 요소이다. 지금까지 자각은 분명히 그 역할을 해왔다. 다만 그 가치와 역할을 제대로 알지 못했었다. 현재 시대 상황이 이제 자각의 가치를 알아 볼 때가 되었다. 자각 없는 노력은 단지 그 순간을 즐기거나 현상 유지 수준에 머무르게 된다. 그러나 자각과 노력이 함께 작용하면 반드시 긍정적인 발전과 영적인 성숙이 찾아온다. 그래서 지금 우리에게 더욱 필요한 것이 바로 이 자각력의 계발이다.

영혼의 재테크

 명상원을 하겠다고 마음을 먹고 여기 저기 지인들에게 나의 생각을 말해보았다. 절반은 그냥 절에서 살면서 자연스럽게 명상을 가르치는 게 낫다고 했고 또 나머지 사람들은 명상만 전문으로 한 번 해보는 것도 좋을 것 같다고 하였다. 결국 명상을 전문으로 하는 명상원을 만드는 것으로 결정을 하게 되었는데 그 때 나에게 의미심장한 조언을 해주신 분이 계셨다.

그분은 여러 사업을 성공적으로 잘 운영하고 계셨는데 명상원 운영도 일종의 사업이기 때문에 사업적 견지에서 치밀한 준비와 전략 등이 필요하다고 말해 주셨다. 사업을 한다는 생각이 없었기에 그 당시 그분의 말씀이 이해가 안 가고 귀에 쏙 들어오지는 않았지만 나중에 시간이 흐르면서 나에게 무엇을 말하려고 하셨는지 차츰 알게 되었

명상 그리고 차 한 사발

다.

가장 나중에 해주신 말씀이 하다가 힘들다고 도망가려 한다거나 또 잘 되고 있다고 해서 편안히 쉬면서 하겠다는 생각 등을 가지려면 아예 시작하지 않는 편이 낫다고 했다. 흔히 스님들이 무슨 일을 벌일 때 생각만큼 잘 풀리지 않으면 괜히 마음만 혼란스러워진다고 중간에 수행을 핑계로 일을 놓아버리는 경우가 많다고 한다. 또 일이 잘 풀려 하는 일이 안정 상태에 다다르면 갑자기 긴장이 없어지고 쉬면서 현실에 안주하려는 경향이 크다고 한다. 사업도 일종의 수행과 같아서 그냥 지속적으로 어떤 목적을 향해 나아갈 뿐 힘들다고 포기하거나 중간에 쉬운 지점에 다다랐다고 길을 멈추어서는 안 된다는 것이다.

명상원을 개원하고 여러 예기치 않은 상황을 접하게 되었다. 때론 다 정리하고 어디론가 떠나고 싶기도 했고 또 상황이 아주 좋을 때는 그냥 지금처럼 편안하고 재미있게 살아야겠다는 생각에 한동안 빠져 있기도 하였다. 그렇게 지내다가도 '수행이란 나아갈 뿐' 이라는 말이 불현듯 강하게 내 마음에 암시되고 그리고 힘겹게 다시 처음의 마음으로 돌아오곤 했다.

어디로 가야 하는지, 가고자 하는 자가 누구인지도 정확히 모른다. 어쩌면 그 목적지가 본래 없을 수도 있고 가야한다는 생각이 부질없는 것일 수도 있다. 그러나 지금의 현실에서는 어렴풋하게나마 방향

을 잡고 일단 가야만 한다. 가야만 하는 것이 업일 수도 있고 또 숙제
이기도 하기 때문이다. 그래서 가야만 되기 때문에 이 또한 괴로움이
라고 할 수도 있다.

어떤 보살님이 찾아와 이런 하소연을 한 적이 있다.

"스님, 제가 5년 전에 땅을 사둔 것이 있는데 글쎄 하나도 값이 오
르지 않았네요. 어찌하면 좋을 까요?"

"글쎄요. 저도 어찌해야 될 지를 모르겠네요."

5년 동안 땅값이 오르지 않았다면 분명 손해이다. 그동안 물가도
많이 올랐을 것이고 또 그 땅에서 어떤 수익이 나지 않았다면 땅은 예
전 그대로 그 자리에 있지만 시간이 흐를수록 손해가 되는 것이다.

그 순간 나는 보살님의 땅 문제 보다는 나 자신의 현재 상태에 더
생각이 집중되었다. 나도 시간이 흐른 만큼 제 값을 하고 살았는지
아니면 그 땅처럼 그냥 제자리에 머물러 있으면서 오히려 가치가 떨
어졌는지 잠시 의문을 가져보았다. 재테크에 눈 밝은 사람들에 의하
면 돈이나 재산이 그대로 있으면, 줄지 않았다고 해서 잘하고 있다고
생각해서는 안 된다고 한다. 최소 은행 금리만큼은 지속적으로 늘어
나야만 현상 유지라고 한다.

어쩌면 우리의 존재 자체도 마찬가지일 것 같다. 지속적으로 어떤
형태로든 발전이 있는 것이 현상 유지를 잘 하고 사는 게 아닐까. 아
마도 이것을 경제 용어로 표현한다면 영혼의 재테크라 할 것이다.

아무리 많은 재물이라 해도 죽을 때는 가져 갈 수 없다. 그러나 이러한 재물은 죽는 순간까지 중생들의 굳건한 의지처 역할을 한다. 자신을 발전시켜 자신의 가치를 크게 하는 것 또한 죽는 순간, 혹은 주체가 있지 않다는 사실을 아는 순간에는 별 의미가 없다. 그러나 마지막 사는 그 순간까지 노력한다는 그 자체가 살면서 의지해야 할 가치가 아닌가 싶다.

생각이 머무는 자리

명상을 통해 그냥 보기만 하고 걷기만 하고 알기만 하는 것이 되기 시작하면 정말로 세상 살기가 편해진다. 이러한 상태는 반드시 연습만 하면 누구든지 얻을 수 있는 것이며 연습은 지금 이 순간부터 시작하면 된다. 한 순간, 한 순간 정신적인 힘을 빼고 그냥 알기만 해보도록 하라. 이러한 순간들이 쌓여 조만간 '참 행복하다.'라는 생각을 일어나게 할 것이다.

무슨 사연이 있기에
긴 밤 울고 있는가?

외국에서 온 손님들과 함께 양평 인근에 있는 산에서 이틀 동안 명상을 하며 시간을 보냈다. 저녁 명상이 끝난 후 차 마시는 시간에 각자 명상에 대한 이야기를 나누게 되었다. 그때 화제가 되었던 것이 명상 시간 내내 울어대고 있는 어떤 이름 모를 새였다. 차 마시는 시간에도 계속해서 울고 있는데 다들 새소리에 문외한들이라서 그 이름을 알고 있는 사람이 없었다. 뻐꾸기나 부엉이 소리보다는 짧고 그렇지만 굵고 깊은 톤으로 구슬프게 울어대는 소리였다.

아무튼 저 새가 무슨 새인지는 모르지만 왜 우는지에 대한 결론은 한결같았다. 제 짝이 될 새를 기다리느라고 울고 있다는 것이었다. 그 새는 다음 날 아침 공양시간까지 밤 새 쉬지 않고 울어댔다. 아침 공양이 끝나고 우리는 다시 그 새에 대해 이야기를 계속했다. '얼마나 목이 아플까?' '무슨 사연이 있기에 저리 구슬프게 울어댈까?' 새소리 때문에 각자 명상 시간 내내 의문이 절로 들었지만 그냥 이리저리 망상으로 끝나고 말았다.

김일상 교무님이 쓴 '마음의 등불' 이라는 책을 보면 야명조夜鳴鳥 이야기가 나온다.

밤이면 밤마다 숨이 넘어갈 듯 애절하게 우는 새가 있다고 하는데 사람들은 밤에만 우는 새라하여 야명조夜鳴鳥라고 이름을 붙였다고 한다. 야명조가 슬피 우는 이유는 두 가지가 있다고 한다. 그 이유의 하나는 집이 없기 때문에 추워서 우는 것이고, 또 하나는 자기 자신이 스스로에게 약속한 것을 이행하지 못한 것에 대한 자책의 울음이라 한다.

야명조의 울음소리는 '내일 해가 뜨면 어떤 일이 있어도 집을 만들어야지, 내일 해가 떠오르면 어떤 일이 있어도 집부터 마련해야지' 하는 탄식의 연속이라고 한다.

그러나 정작 해가 떠오르면, 밤을 지새우며 울었기 때문에 배가 고파 먹이를 먼저 찾아 헤매게 되고, 배불리 먹고 나면 식곤증과 졸음이 겹쳐 잠깐 잠을 잔 뒤에 집을 만들어야지 하고, 따뜻한 곳에서 잠을 자다보면 그만 자신도 모르게 석양이 가까울 때까지 시간을 보내고 말게 된다고 한다. 그리하여 결국 집을 만들 것을 생각하기 보다는 저녁의 먹이를 찾아 헤매기도 바쁜 결과를 낳아 다시 저녁을 맞게 되고, 다시 밤을 맞아 추위에 떨면서 우는 것을 반복한다고 한다.

가끔 외국을 여행할 때가 있다. 그럴 때면 항상 마음에 다짐하는 것이 있다. 귀국하면 반드시 영어 학원에 등록해야겠다는 다짐이다. 그러나 이런 저런 이유로 차일피일 미루게 되고 얼마 시간이 지나면 그 다짐은 마음속에 흔적조차 없어진다. 두 달 후 독일에서 개최되는 한 행사에 참석해 달라는 초정이 왔다. 다시 영어 공부라는 화두가 생각났지만 시간이 얼마 안 남았다는 생각에 갔다 와서 해야겠다고 다시 미루어 본다. 아마도 야명조의 운명처럼 나에게 이생에서의 영어공부는 미루다가 끝나버릴 것 같다.

영어 공부도 중요하지만 정작 더 중요한 것들을 우리는 갖가지 이유를 들어 미루고 산다. 막상 무슨 일이 닥치기 전까지는 모르고 살겠지만 후회와 탄식할 일이 남아있는 것은 분명한 것 같다.

스님들 끼리 모여 차담을 나누는데 어떤 노스님 이야기가 나왔다. 그 스님이 출가한 지 얼마 안 되었을 때 한창 포교에 대한 열의가 충만해 있었다. 그 스님은 포교의 원력을 세우고 천일기도에 들어갔다. 기도를 하면서 포교를 잘 하려면 큰 도량이 필요하다는 생각이 들어 먼저 포교 도량 불사를 시작하였다. 몇 번의 천일기도를 거쳐 시골에 부지를 매입하고 건물을 짓고 하여 꽤 큰 도량을 건립하게 되었다.

불사가 어느 정도 마무리 되었는데 어느덧 그 스님의 연세는 칠순을 바라보게 되었다. 그런데 그 스님에게는 제자가 아무도 없었다. 젊은 제자에게 그 절을 물려주어 포교의 원력을 이어 갔으면 하는 바람이 있었지만 그 뜻은 이루지 못했다. 그러나 정작 문제가 되는 것은 현재 그 절이 유지가 어렵다는 것이었다. 처음 불사를 시작할 때는 작은 규모의 건물이라서 유지비가 많이 들지 않았는데 규모가 커지다 보니 운영비가 만만찮게 들고 있다는 것이다. 또 장소도 시골이라 연세 드신 불자들이 많이 돌아가시고 나니 절에 오는 신도도 줄어들고 불사 중심으로 사찰을 운영하다 보니 기존의 신도들도 지쳐서 더 이상 경제적으로 큰 도움이 되지 못한다고 한다.

포교라는 큰 뜻을 가지고 시작한 불사가 결국은 건물 유지라는 현실적 문제에 봉착하게 되고 그 마저도 여의치 않자 노쇠한 스님은 절을 매각하여 그 돈으로 작은 토굴하나 마련하여 여생을 수행만 하다 죽기를 희망하고 있다고 한다.

다시 원점으로 돌아왔다는 느낌이 들면서 무언가 많은 아쉬움이 남기도 하고 또 그 야명조 이야기와 함께 나 자신을 다시 한 번 생각해 보게 되었다.

얼마 전 불교용품점에 물건을 사러 갔다가 천도재를 잘 지내기로 유명한 스님과 이야기를 나누게 되었다. 그 스님 말씀에 따르면 요즘은 귀신이 사람보다 더 많아졌다고 한다. 귀신이 많아져서 음기가 더 강해지고 그래서 나라도 편치 않고 사람들도 많이 힘들어한다고 한다. 내가 '스님같은 분이 천도재를 많이 해주면 되지 않습니까? 요즘은 큰절에서도 천도재 많이 지내고 있는데…….' 라고 물었다.

그 스님 말씀이 요즘은 귀신들이 너무 뺀질거린다고 한다. 웬만해서 제사로 그들을 막을 수 없다고 한다. 살아 있을 때부터 뺀질거려서 죽어서도 고쳐지지 않는다고 한다. 우스갯소리로 듣고 말았지만 만약 그 귀신들이 있다면 아마 야명조의 심정이 아닐까 생각이 들었다. 다시 기회가 찾아온다면 후회하지 않을 삶을 살아갈까?

나 자신부터 오늘 하루를 다시 생각해 본다.

노숙자가 된 신부님

6개월간 노숙을 경험했던 신부님이 계셨다. 노숙을 하며 노숙자들을 위로해 주고 자신에 대한 집착을 조금이라도 덜어보려고 노숙을 결정하였다고 한다. 그 신부님은 막상 노숙을 시작하고 보니 생각했던 것 보다 여러모로 불편한 점이 많았다. 잠자리, 먹는 것, 세면, 빨래 등 편리함에 익숙해져 있던 그분에게 모든 것은 힘들게 느껴졌다. 제일 힘들었던 부분은 바로 담배였다고 한다. 원래 골초였던 분인데 돈 한 푼 없이 노숙을 하려다 보니 담배를 사서 피울 수가 없었다.

그래서 지나가는 사람들에게 담배 동냥도 해보고 돈을 동냥해서 담배를 사서 피우곤 했는데, 피우고 싶은 만큼 후련하게 피우지 못해서 적지 않은 스트레스를 받았다고 한다. 어느 날 담배를 원 없이 피우고 싶은 생각이 너무나도 간절하여 막노동 일을 나가기 시작했다. 하루 일당으로 받은 돈으로 먼저 담배를 사고 조금 남는 돈으로 다른 노숙자들과 술 한 잔 하고 나니 그날 돈이 다 바닥나 버렸다고 한다. 담배도 혼자 피우기가 미안해 주변 노숙자들과 나눠 피우다보니 그 다음 날 아침에 다 떨어져 버렸다고 한다.

할 수 없이 담뱃값을 벌기 위해 막노동판에 나가 일하고 그렇게 번 돈으로 담배 한 번 진하게 피우고 소주 한 잔 하고, 6개월 동안의 노숙 생활을 마치고 자신의 노숙 생활을 되돌이켜보니 담뱃값을 벌려고 죽어라 일한 것 밖에 남은 것이 없었다고 한다.

그 신부님의 말씀을 들으며 주변에 있던 사람들은 박장대소를 했지만 한편으로는 그것이 남의 이야기처럼 들리지 않았다.

그렇다. 우리들은 지금 담뱃값을 벌기 위해 아등바등 살고 있는 게 아닌가!

담배든, 돈이든, 명예든, 쾌락이든 우리를 간절하게 만들고 목메게 만드는 그것들을 위해 우리는 열심히 살고 있다. 하지만 훗날 우리의 삶을 되돌아보게 된다면 한낱 담뱃값을 벌기 위해 고군분투한 것과 다르지 않다고 느낄지도 모른다.

죽음 앞에 아직 모르는 새로운 생을 시작하는 마당에 진정 보탬이 되는 귀중한 공부가 되지 못했다는 점을 아쉬워하고 후회할지도 모른다.

인생은 공부의 연속이며 이것은 몸을 바꿔서도 지속된다. 헛되이 시간을 낭비하고 공부한 것 없이 빈손으로 세상을 떠나지 않도록 지금의 삶을 냉철하게 점검해 보아야겠다.

잠시 아함경에 나오는 대목을 생각해 본다.

한때 부처께서 코살라 국의 히말라야 산기슭에 있는 조그마한 초암에 계셨다.

그때 홀로 앉아 고요히 명상하는데 이와 같은 생각이 떠올랐다.

'통치하는데 죽이지 않고, 해치지 않고, 정복하지 않고, 정복하지 않게 하고, 슬프지 않고, 슬프게 하지 않고, 법답게 하는 것이 불가능한가?'

그때 악마 빠삐만이 부처님의 생각을 알아채고 부처님께서 계신 곳으로 찾아왔다. 가까이 다가와서 이와 같이 말했다.

"세존이시여, 세존께서 스스로 통치하십시오. 올바른 길로 잘 가신 분이시여. 죽이지 않고, 해치지 않고, 정복하지 않고, 정복하게 하지 않고, 슬프지 않고, 슬프게 하지 않고, 법답게 통치하십시오."

"그런데 빠삐만이여, 너는 무엇을 보고 나에게 '세존이시여, 세존께서 스스로 통치하십시오, 올바른 길로 잘 가신 분이시여. 죽이지 않고, 해치지 않고, 정복하지 않고, 정복하게 하지 않고, 슬프지 않고, 슬프게 하지 않고, 법답게 통치하십시오.' 라고 이와 같이 말하는가?"

빠삐만이 다시 말했다.

"세존이시여, 세존께서는 세상을 다 알 수 있고 원하는 바대로 할 수 있는 신통력을 잘 수행하시고 연습하시며 실행하시고 적용하십니다. 이제 세존이시여, 세존께서 히말라야 산이 황금으로 되길 원하시면 그 산은 황금으로 될 것입니다."

그러자 부처님께서는 다음과 같이 말씀하셨다.

"황금으로 이루어진 산이 있어

그 모든 황금이 두 배가 되어도

한 사람에게도 충분하지 않네.

이렇게 알고 올바로 살아야 하리.

괴로움과 그 원인을 본 사람이

어떻게 감각적 쾌락에 빠지겠는가.

애착을 세상의 결박으로 알고

사람은 그것을 끊기 위해 힘써야 하리."

바뀌지 않는 사고방식

오랜만에 고등학교 동창을 만났다. 20년 가까이 만나지 못했는데 조금 늙은 것 외에는 변한 게 없어 보였다. 그 친구에게 나도 마찬가지였을 것이다. 차를 마시며 한참을 이야기 하다 보니 고등학교 다닐 때와 느낌이 너무나 비슷하다는 생각이 들었다.

모르는 사람들에게는 삼십대 중반의 청년과 스님이 이야기를 한다고 생각하겠지만 대화를 나누고 있는 당사자들은 20년 전에나 지금이나 별 차이를 느끼지 않고 예전처럼 대화를 하고 있다. 살면서 많이 변했다고 생각했는데 오랜 친구를 만나보니 하나도 안 변한 느낌이 강하게 들었다. 그저 많은 경험만이 쌓인 것일까? 이런 생각 속에 어느 책에서 본 내용이 생각났다.

어떤 남자가 정신과 의사와 상담하면서 투덜거렸다.

"저는 집에 들어가는 것이 싫습니다. 아내가 항상 우울하고 슬픈 표정을 하고 있어서 그 얼굴만 보면 가슴이 답답합니다. 밖으로 뛰쳐 나가고 싶지요."

의사가 말했다.

"그 원인은 어쩌면 당신에게 있을지도 모릅니다. 오늘 집에 들어갈 때에는 당신 부인에게 줄 꽃과 아이스크림, 혹은 선물을 사서 가보세 요. 부인이 문을 열어주면 다정하게 껴안고 뽀뽀도 해주고 사랑한다 말해 보세요. 그리고 부인을 도와 집안일도 해주고 설거지도 도와주 고 전과 다른 태도를 보여 봐 주세요."

의사의 충고가 그럴듯하다고 생각한 남자는 집에 돌아갈 때 의사의 말대로 여러 가지 물건을 샀다. 그리고 부인이 문을 열자마자 다정 하게 껴안아 주면서 사랑한다고 말해주었다. 부인은 어안이 벙벙해져 서 뭐가 뭔지 도대체 잘 상황파악이 되지 않았다.

남편은 집에 들어오자마자 손을 걷고 청소도 하고 설거지를 하기 시작했다. 이런 모습을 본 부인은 갑자기 흐느껴 울기 시작했다. 아 내가 울자 남편은 자신의 변화가 너무 감격스러워 아내가 울기 시작 했다고 생각하고 부인에게 다가와 말했다.

"뭐 이정도 가지고 울어."

아내가 훌쩍이며 말했다.

"언젠가는 당신이 미칠지도 모른다는 생각을 하고 있었는데 결국

생각이 머무는 자리

그 일이 닥치고 말았네요. 여보, 어서 병이 더 커지기 전에 저랑 같이 정신병원에 가 봅시다.”

해도 바뀌고 계절도 변해가고 있다. 모든 만물이 하나도 빠짐없이 무상無常의 진리대로 변해가고 있을 뿐이다. 그러나 쉽게 바뀌지 않는 것이 있다. 바로 우리의 사고방식이다. 사춘기를 지나 성인이 되면서 나름대로 세상을 바라보고 판단하는 사고방식이 고정되어 간다. 이때부터 시간이 지날수록 이러한 사고방식은 더욱 견고해진다. 견고해진 사고방식이나 행동 패턴은 갑작스런 변화를 꺼려하며 자신의 잣대에 못 미치면 무시하거나 강요를 한다.

위 이야기는 우리의 사고방식이 얼마나 고정되어 있는가를 풍자한 것이다. 조금만 변화를 가져와도 또 다른 색다른 삶의 맛을 즐길 것이다. 그러나 자기 방식만을 고집하고 그 안에 갇혀 산다면 소중한 것을 얻지 못할 수도 있고 무지와 강요 속에 갈등과 고통만이 따를 뿐이다.

문제는 평소 자신의 문제를 전혀 모른다는 것이다. 누구나 완벽히 사는 사람은 없다. 이런 저런 결함과 한계를 다 가지고 살고 있다. 두세 사람이 모이면 다른 사람에 대한 이야기를 꺼내는데 좋은 평가 보다는 나쁜 평가인 경우가 더 많다. 그러나 정작 당사자는 그것을 알지 못한다는 것이다. 이것은 남의 일이 아니라 우리 자신의 일이다. 지금 이 순간 그 누군가가 나에 대해 이러쿵저러쿵 이야기 하고 있을

것이다. 하지만 나는 나대로 잘 살고 있다고 생각하고 살고 있을 뿐
이다.

생각의 차이에서 비롯되는 일이지만 이 생각의 차이라는 것이 알고
보면 인류 최대의 악일 수 있다. 곰곰이 생각해 보라.

생각의 차이를 인정하고 양보하거나 타협하는 방법이 이론적으로
제일 좋은 길이라 배워왔다. 양보와 타협은 먼저 자신의 한계를 알
때 자연스럽게 베어져 나온다. 돈과 권력 때문에 비굴하게 이루어지
기도 하지만 이런 상황은 계산적으로 이루어진 자기 관리일 뿐이다.

자신의 한계를 안다는 것은 자신을 잘 아는 것이고 자신을 잘 알려
면 있는 그대로 자신을 오래 목격해 보라. 마치 주변의 이웃을 보고
알아가듯이.

충전 여행

한 달에 한 번 나는 김천 직지사로 충전여행을 떠난다. 말로는 사람들과 몸과 마음의 휴식이나 평온을 위해 명상을 한다고 하는데 이것도 업이 되다보니 휴식을 가르치다 지치는 꼴이 되어 버린다.

나도 나만의 휴식 프로그램이 필요했다. 아무것도 안 하고 그냥 쉰다고 휴식이 되는 것은 아닌 것 같다. 직지사에서 매월 한 번씩 차 명상 템플스테이를 진행하는데 이때는 이론 강의가 거의 없고 이틀 동안 명상하고 쉬고 또 명상하고 쉬면서 여유롭게 시간을 보낸다. 이론 강의가 없는 까닭에 복잡하게 머리 쓸 일도 없고 그냥 되는대로 숲 속의 바람 소리, 깨끗한 공기에 나 자신을 내맡길 뿐이다.

생각을 안 하려 하면 너무나 피곤하다. 생각은 거의 대부분 스스로 발생하지 내가 일부러 하는 경우는 그리 많지 않다. 때문에 내가 일으키지 않은 생각을 막아보려 한다는 것이 어찌 보면 모순처럼 보인다.

휴식을 위해 명상할 때는 생각을 기다린다. 어떤 생각들이 올라오는지 정신 차려 기다린다. 나는 명상하면서 꼭 필기도구를 옆에 둔다. 왜냐하면 이렇게 시도 때도 없이 올라오는 생각들 중에 하루 한 개꼴로 정말로 귀중한 것들을 얻어내기 때문이다.

명상하면서 일종의 생각의 낚시질을 한다고 할까? 일부러 생각하면 안 일어나는데 그냥 내버려 두면 언제인지는 모르지만 불쑥 고개를 내민다. 그런데 이렇게 불쑥 찾아온 귀한 생각들은 명상이 끝나면 좀처럼 생각나지 않는 경우가 많다. 그래서 명상 중간에 아쉽지만 얼른 메모를 해두어야 한다.

여러 사람들과 같이 명상할 때는 명상이 끝나고 꼭 물어본다. 무엇을 보았느냐고? 그러면 처음 명상을 하는 사람들의 경우 대부분 왜 이렇게 명상이 어렵느냐고 물어본다. 다리도 아프고 졸리고 또 왜 이렇게 많은 생각이 일어나는지 모르겠다고 한다.

그러면 나는 축하한다고 말한다. 너무나 명상을 잘했다고 오히려 칭찬해준다. 당사자는 나의 표현에 의아해 한다. 아니 명상이 잘 안 되어서 힘들었는데 무슨 소리냐고 오히려 반문한다.

자신을 사실적으로 잘 알고 있었기 때문에 진짜로 명상을 잘했다고

생각이 머무는 자리

말해준다. 보통 대부분의 사람들은 명상을 하면 자신을 잊어버리고 평온함이나 특정 생각에 잘 몰입해야 한다고 생각한다. 그러나 자신을 잊고 있었다면 이것은 자신을 떠나 있던 것과 결코 다르지 않다. 오락이나 드라마 같은 대상에 정신을 빼앗겨 잠시 자신을 잊고 있었던 것과 결과적으로 별 차이가 없다는 말이다.

명상은 알고 보면 크게 두 가지로 구분된다. 하나는 자신을 잊어버려 행복해지는 방법이고 또 하나는 자신을 잘 알고 이해해서 행복해지는 방법이다. 자신을 잊어버리고 어떤 대상에 마음을 몰두시키면 그 순간에는 오직 그 대상만이 있기 때문에 시간과 공간의 변화를 알지 못하고 몰입의 황홀을 맛보게 된다. 이 방법은 우리에게 많이 익숙한 방법이기도 하고 흔히 명상은 이런 것이라 생각하고 있다. 그러나 몰입되어 있는 동안만 편안함을 느끼며 다시 현실로 돌아오면 그 효과가 지속되지 않는 한계가 있다. 그리고 결정적으로 자신에 대한 이해가 생기지는 않는다.

다른 방법으로는 자신을 사실적으로 잘 알고 이해해서 근본적으로 마음의 무게를 가볍게 하는 방법이 있다. 원래 명상은 자신을 사실적으로 알고 몰랐던 사실을 알아서 그만큼 마음의 짐을 덜어내는 것이다. 물리적으로 평온하게 하기보다는 이해를 통해 근본적으로 마음을 편안하게 한다. 그래서 일단은 사실적으로 현재 자신을 있는 그대로 보고 느끼는 것이 아주 중요하다.

그런데 현재 사실적인 자신의 모습은 잘 알고 보면 그리 기다려지는 성질의 것이 아니다. 거의가 답답하고 들떠 있거나 불만족한 느낌들이다. 그래서 우리는 우리 자신을 잘 알려고 하기보다는 우리 자신을 잘 잊도록 해주는 것을 더 찾아다닌다.

처음 자신을 사실적으로 알고 있으면 불편한 것은 분명하다. 그런데 이런 나의 사실적인 모습을 지속적으로 접하면서 하나씩 우리는 몰랐던 '나'에 대해서 이해해 간다. 그리고 그런 이해들을 바탕으로 조금씩 마음이 여유로워진다.

사실적으로 나를 보면서 처음 깨닫게 되는 사실 중의 하나가 우리는 언어라는 세상에 갇혀 살고 있다는 것이다. 나를 보는 힘이 강해지면 더욱 집중적으로 그리고 더욱 오래 자신을 관찰하게 된다. 그러면 어느 순간 실재와 이름 혹은 실재와 관념을 구별할 수 있다.

무슨 말인가 하면 '있는 그대로'와 '언어의 해석을 거친 인식'의 차이를 구별하는 것이다. 우리는 눈으로 세상을 보고 귀로 소리를 듣고 또 머리로 생각하며 산다. 그런데 몇몇 순간들을 빼고는 거의 자동적으로 그 대상이 무엇인지 안다. 지금 당장 우리 주변을 둘러보자. 아마 자신이 모르는 것은 거의 없을 것이다. 이름을 알 수도 있고 이름을 모를 경우는 어떤 특성으로 그 대상을 안다. 아무튼 현재 우리가 안다는 것은 일단 언어를 통해 아는 것이다.

항상 그래왔기 때문에 무슨 말인지 이해가 안 갈 수도 있을 것이다.

생각이 머무는 자리

이러한 사실을 반추하는 것도 다시 언어를 통해 이루어지기 때문에 생각하면 할수록 머리가 더 뜨거워질 수도 있다. 항상 숨을 쉬지만 공기의 존재를 의식하지 않듯이 언어라는 기반을 통해 인식이 이루어진다는 것을 의식하지 않고 살아서이다.

언어의 해석을 거치지 않은 있는 그대로의 것을 '실재'라고 부른다. 이 실재는 무슨 고차원적인 것이 아니라 항상 우리가 느끼고 경험하는 그 자체이다. 그리고 하루 중에 때때로 우리는 언어의 터널을 거치지 않고 바로 이 실재를 바로 알고 경험하기도 한다.

우리는 편의상 실재에 이름을 붙인다. 이것이 언어인 것이다. 실재에 이름이 붙어 버리면 그 다음부터는 우리는 실재를 그 이름으로 인식한다. 실재에 이름을 붙이는 것은 살아가기 위해 당연한 것이다. 그런데 실재에 이름을 붙이다 보면 그 이름이 실재를 있는 그대로 다 표현할 수 없고 또 이름과 함께 고정된 시각을 갖게 한다.

예를 들어 사람이라고 말할 때 사람은 동물이나 식물과 다른 살아 있는 어떤 생물체를 말한다. 그런데 사람 중에는 여러 인종과 남, 여, 나이의 차이 등이 있다. 세상 모든 사람들이 같지는 않지만 사람이라고 표현할 때 그냥 사람인 것이다. 그리고 사람이라는 말과 함께 고유의 이미지나 어떤 감정을 함께 떠올린다.

실재에 이름을 붙이면 그 실재는 관념이 된다. 그리고 관념은 생각 속에서만 실재하는 것이 된다. 관념은 일종의 가상 세계인 셈이다.

중요한 사실은 우리는 평소 실재와 이 실재에 이름 붙인 관념과의 차이를 알지 못한다. 굳이 구별하고 살 필요성을 느끼지 못한다. 살긴 하지만 일종의 가상 세계에 산다고 할까? 이런 이야기를 들으면 영화 '매트릭스'를 떠올릴 것이다. 이 영화를 보면서 참 기발하고 대단한 상상력이라고 생각했을 것이다. 그런데 명상을 하다보면 실제로 우리가 이 영화의 주인공이 되기도 한다.

다시 이야기의 본론으로 들어가 보자. 자신을 진짜로 잘 알게 되면 실재와 관념을 구별하게 된다고 하였다. 그렇게 되면 관념은 실재하는 것이 아닌 인위적이고 편협화된 것이기에 자신을 이해하기 위해서는 이름을 붙이기 전 실재하는 것에 초점을 맞추게 된다.

이 상태 또한 고차원적이거나 도달하기 힘든 상태가 아니라 그냥 알아지는 그대로 또는 느껴지는 그대로 아는 것뿐이다. 단지 이름을 붙이지 않고 또 생각으로 자신을 아는 것이 아니다.

이름을 붙인 세상에서는 특히 '나'에 대해 이러 저러한 견해를 가지게 된다. 무언가 확실하게는 모르지만 좋고 나쁨이 있고 나 뿐만 아니라 다른 사람들과 내가 살고 있는 세상에 대해 시비분별의 어떤 선이 그어지게 된다. 그러나 아무리 기가 막히게 좋은 생각이라 해도 엄밀히 따지면 우리 인간의 뇌 속에서만 의미를 가질 뿐이다. 또한 말로 표현된 것들은 실재를 다 표현하지 못할 뿐만 아니라 좋고 나쁨의 양면성을 가지고 있고 여러 차원의 사연을 포함하고 있다. 같은 말이라도 상황에 따라 좋은 말이 될 수도 있고 또 나쁜 말이 되기도 하며 그 이면에 그 말이 사용되기 까지 말로 표현할 수 없는 여러 사연과 상황이 얽혀있다는 것이다.

실재 차원에서 자신을 인식하고 있으면 언어라는 것을 통해 얼마나 우리가 규정되어지고 사고의 제한을 받게 되는지 깨닫게 된다. 그리고 그것 때문에 갈등과 대립, 고통이 함께하고 있다는 사실도 받아들인다. 실재 차원에서 보면 모든 존재들이 최선을 다하고 살고 있다. 그러나 우리는 그 포장에 현혹되어 그 사실을 잘못 인식할 뿐이다.

우리는 결코 언어의 감옥을 벗어나 살 수는 없다. 그 속에서 평화롭게 살아야 한다. 평화를 만드는 언어는 칭찬의 말이라고 한다. 우리는 칭찬을 통해 언어 이면의 모습을 발견할 수 있다고 한다. 지금 가장 가까운 사람부터 장점을 찾아보고 아름다운 말로 표현해 보자. 바로 거기에서 언어와 실재의 구별이 없음을 발견할 것이다.

의식의 힘

 에모토 마사루가 지은 '물은 답을 알고 있다'
라는 책에 보면 이런 내용이 나온다. 시오타니 선생의 지도로 350명
이 일본에서 가장 큰 호수인 비와호수에 모여 세계 평화를 기원하였
다. 일본 사람들은 이 비와호수의 물이 깨끗해지면 일본 전체의 물이
깨끗해진다고 믿고 있기 때문이다. 350명이 소리를 모아 한마음 한
목소리로 세계 평화를 외쳤다. 한 달 후 그 호수에서는 이상한 현상
이 일어났다. 매년 호수의 수면을 덮고 악취를 풍기던 수조가 그해에
는 나타나지 않았던 것이다. 350명이라는 사람들이 모여 마음을 모
아 물에게 전달했기 때문에 물의 성질에 변화가 있었던 것이라고 저
자는 주장한다.

과학적으로 설명하기는 힘들지만 사람의 의식이 세상을 변화시켜

간다는 것은 일리가 있을 수 있다. 불교에서는 업, 온도, 마음, 자양분에 의해 물질이 생성되고 변화되어간다고 하는데 유익한 마음은 유익한 업뿐만 아니라 유익한 물질적 조건을 만든다. 모든 종교에서 가장 핵심적인 역할을 하는 것이 기도인데 이 기도는 마음을 모아 자신과 세상의 변화를 추구하려는 것이며 종교의 역사와 함께 해왔다. 이 기도의 원리 또한 의식을 강하게 집중시켜 어떤 조건의 변화를 얻으려는 것이다. 우리가 가지고 있는 의식은 비단 물에만 영향을 주는 것이 아니라 존재하는 모든 것들과 서로 영향을 주고받으며 상호작용을 하고 있다.

우리는 보다 바람직한 세상을 만들기 위해 애를 쓰고 또 치열하게 싸우고 산다. 방법은 다르지만 보다 좋은 조건과 여건을 통해 더 편리하고 만족스러워지려고 한다. 그러나 그 결과 환경오염의 부작용으로 또 다른 고통의 원인이 되고 물질적으로는 잠시 만족스러워 할지 모르지만 정신적으로는 오히려 더 각박해 하며 산다. 그리고 방법이 다르다는 이유로 지독히 서로를 괴롭히며 지낸다. 더 편안해지려는 의식이 세상을 바꾸는 원동력이 되기는 하지만 그 결과는 의도한 것대로 되지는 않는다.

기도를 통해서든 실질적 노력과 투쟁을 통해서든 사람들은 자신들의 의식을 집중시켜 어떤 변화를 만들고자 하거나 만들고 있다. 차분히 살펴보면 우리의 삶 속에서 이러한 점을 분명히 확인할 수 있다.

그런데 대부분의 경우 변화를 꾀하려는 의식에는 '욕망'이라는 큰 독이 그 의식을 지배하고 있다.

〈물은 답을 알고 있다〉에 나오는 물 사진을 보면 긍정적인 말이나 소리, 모습에는 아름다운 결정을 볼 수 있지만 부정적인 경우에는 결정이 생기지 않거나 깨져 있다. 이것이 사실이라면 물 뿐만 아니라 주변 조건과 기운도 분명 긍정적인 것과 부정적인 것에 의해 엄청난 차이를 보일 것이다.

평소 우리들의 의식이 욕망이라는 부정적인 힘에 지배되고 있다면 그것이 아무리 종교적인 기도의 수단을 이용한다 해도 그 의식이 가진 힘의 결과는 부정적인 것으로 나타날 수밖에 없다. 전체를 생각하지 않고 오직 자신이 원하는 것만을 얻기 위해 의식을 과용한다면 개인의 입장에서는 긍정적일지 몰라도 전체 차원에서 본다면 부정적인 것이 될 것이다. 의식의 힘은 분명히 존재하며 그 역할을 한다. 의식의 힘이 가장 바람직하게 사용될 때는 자비로 채워지고 지혜의 안내를 받을 때이다.

인연因緣에 대하여

회자정리會者定離라는 고사성어가 있다. 만나면 언젠가는 떠나야 된다는 뜻이다. 또다시 누군가와 만남이 이어지고 그리고 헤어짐이 이어진다. 대중가요 가사 중에 '만남도 헤어짐도 아픔인 것을 ~' 이라는 가사가 있는데 불교에서는 만남도 인연이요, 헤어짐도 인연이라 한다. 인연이 있어 왔다가 인연이 다해 갈 뿐이라 한다. 우리는 또한 일상에서 자주 이 인연에 대해 말하고 산다. 그러나 그 깊은 내막은 제대로 알지 못하고 산다.

인연은 인因과 연緣이라는 두 글자로 이루어져 있다. 인은 직접적인 원인이 되거나 나의 의지가 개입된 것을 말한다. 연은 간접적인 조건, 또는 내 의지와 무관하게 이루어진 조건과 관계를 의미한다. 가령 직장을 비유하자면 내가 어떤 직업과 직장을 택하는 것은 인에 해당한다. 내가 선택했기 때문이다. 그리고 직장에 들어가서 많은 동료들을 만나게 되는데 이것은 연에 해당한다. 내 의사와 상관없이 결정되는 부분이기 때문이다.

명상원을 개원하였다면 인에 해당한다. 그러나 명상원에 오는 사람을 만나는 것은 연에 해당한다. 누가 올지 모르며 오는 사람대로 맞게 지도해 주어야 하기 때문이다. 반대로 명상원을 찾아오는 사람의 입장에서는 명상을 배워야겠다고 마음먹고 명상원을 왔기 때문에 인에 해당한다. 그리고 명상원에서 여러 도반을 만나고 명상법을 만나는 것은 연에 해당한다.

이렇게 우리의 존재와 생활은 무수한 인과 연의 관계로 얽혀 있다. 이러한 인연들 중에는 나에게 즐거움을 주는 인연도 있고 나에게 괴로움을 주는 인연도 있다. 정말 가지가지의 인연이 있을 수 있다. 하지만 이 모든 인연들은 알게 모르게 우리가 만들어 온 것이고 지금 이 순간순간에도 끊임없이 인연을 만들거나 과거의 인연에 영향 받고 있다.

사소한 말 한 마디, 행동 하나 하나가 다른 사람에게 어떤 의미를 주게 되며 나의 잠재의식에 저장된다. 그리고 이러한 것들이 인연을 만들어 간다.

알고 보면 우리 생활의 전부가 아주 복잡한 인연의 덩어리이다. 이 인연 때문에 울고 웃고, 죽네 사네 난리를 피우며 살고 있다. 그러면서 항상 좋은 인연들만 있기를 마음으로 간절히 바란다. 좋은 인연을 만들기 위해서는 먼저 인연에 대해 잘 알아야 한다. 나 자신이 무수한 인과 연에 얽혀 있다는 것을 알아야 하고 그 상관관계에 대하여 잘 알아야 좋은 인연을 만들 수가 있다.

인연은 상대적이다. 모든 사람들에게 좋은 인연이란 없다. 누구에게는 좋은 인연이지만 누구에게는 똑같은 인연이 악연이 될 수 있다는 것이다. 우리 각자의 업이 다 다르기 때문이다. 우리는 쉽게 서로서로 좋으면 그게 좋은 인연이 아니냐 생각하지만 서로 좋다고 해도 제 3의 누군가는 손해를 보고 상처를 받는 사람들이 있다.

나의 행복이 남의 불행이 될 수 있고 남의 불행이 나의 행복이 되는 경우가 허다하다. 사회가 점점 복잡해지고 경쟁이 심화되면서 인연관계 또한 더욱 복잡한 차원으로 변하고 있다. 직장과 사회생활에 비중이 쏠리면서 상대적으로 가정과 가족에 대해 소홀해지고 또 다른 불만족의 상황이 만들어진다.

사회에서의 인연관계는 특성상 그 사람이 가지고 있는 지위나 재물에 많은 영향을 받는다. 좋은 요직에 있을 때나 사업이 잘 될 때는 구름 같이 많은 인연들이 형성되지만 그 자리에서 물러나 영향력을 잃게 되면 빈 껍데기만 남기도 한다. 안타깝지만 이게 우리네 현실이다.

그렇다면 항상 좋은 인연이란 있을 수 없을까? 이론적으로는 가능하다. 단 약간의 수행이 따른다는 것이 일반적인 사람들에게는 좀 부담이 될 뿐이다. 우리가 노력한다면 항상 좋은 인연, 날마다 좋은 날을 만들 수 있는데 이렇게 하기 위해서는 절대 사심이 들어가서는 안 된다.

도신 스님이 부른 '무상'이라는 가사 속에 이런 구절이 있다. '사랑도 놓고 미움도 놓고 얽히었던 정도 놓고, 마음 걸망에 무상을 담아 길을 떠난다 ~' 이 노랫말처럼 사랑도 미움도 좋아하는 것도 싫은 것도 놓을 수 있게 되면, 다시 말해 애초부터 사랑이나 집착을 갖지 않으면 그 인연 때문에 마음고생을 하지 않는다는 것이다. 싫은 것은 버리고 좋은 것만 취하려다 보니 어디 세상일이 자기 마음대로 될 수 있겠는가! 치열하게 싸워야 얻을까 말까한데.

부처님께서 말씀하시기를 좋아하는 것을 얻으려 하면 탐욕의 업을 짓는 것이요, 싫어하는 것을 버리려 하면 성냄의 업을 짓게 된다고 하셨다. 업은 존재와 고통의 씨앗이 되는데 결국 우리는 현재 살면서 무수히 많은 고통의 과보를 받으며 동시에 씨앗들을 뿌리고 산다. 잠시 눈을 감고 자신의 마음을 살펴보라. 시도 때도 없이 일어나는 갈망과 망념은 내가 과거에 만들어 놓은 것이다. 또한 그 갈망과 망념에 노예가 되어서 번민하거나 행위를 하게 되면 또다시 미래 나의 조건을 만들게 되는 것이다.

과거 내가 지은 인연에 영향을 받기 때문에 항상 좋은 인연만 있을 수 없다. 그래서 인연 따라 좋을 수도 나쁠 수도 있다고 생각하고 참회하는 마음으로 현재의 인연을 바라보아야 한다. 나의 욕심과 잘못된 생각에 나를 괴롭히는 사람과 조건을 만난 것이고 서로에게 상처를 주며 악연으로 발전하기에 자신의 인연법을 잘 안다면 악연으로 발전시키는 과정을 차단시켜야 한다.

결국 참회와 정진하는 마음이 있어야 나쁜 인연을 막고 좋은 인연을 만드는 것이다. 참회와 정진은 자신을 보는 눈이 깊어질수록 저절로 행해진다. 자신의 의지와 상관없이 일어나는 몸의 느낌이나 마음속의 생각들이 내가 만든 업이다. 이런 업을 냉철히 보아야 하며 업을 업일 뿐이라고 보면서 그 업에 현혹되지 않아야 한다. 업을 제대로 보는 것이 참회이고 그 업에 현혹되지 않는 것이 정진이다.

지금 세상일이 마음대로 안 될 때, 주위 사람들이 나를 힘들게 할때, 사실은 자신을 한 번 되돌아보라고 경고하는 것이다. 그 경고를 묵살하지 말고 잘 이해해 보기 바란다.

견공犬公들의 색즉시공

해가 길어진 탓인가 저녁 공양을 마치고 산책을 나가면 아직 대낮처럼 여겨진다. 직장 갔다 퇴근하는 사람들과 학생들로 골목길이 좀 더 분주해 보인다. 젊은 부부가 작고 예쁜 애완견 두 마리를 데리고 산책을 나왔다. 강아지들 하는 짓이 귀여워 내 산책길도 자연스럽게 강아지들 뒤를 따르게 되었다.

하루 종일 집안에 갇혀 있다 나와서 그런 것인지 잠시도 가만히 있지 않고 여기저기를 무슨 바쁜 일이 있는 듯 연신 뛰어다닌다. 계속해서 땅에 무슨 흥미로운 것이 있는 듯 땅에 대고 코를 벌름거리며 두 마리의 강아지는 서로 경쟁하듯 앞서거니 뒤서거니 한다. 그런 와중에 전봇대나 가로수 나무가 나오면 빠트리지 않고 다가가 뒷발 하나를 들고 오줌을 갈긴다. 그런 후 다시 뒷발로 흙이나 땅을 쳐내듯 오줌 눈 곳을 향해 발길질 한다. 발을 씻는 것처럼 보이기도 하고 아니면 흙으로 자신의 흔적을 덮어두려고 하는 것처럼 보이기도 하고 아무튼 시멘트로 포장된 길이기에 눈에 보이지 않는 작은 먼지는 일어날지 모르나 별 소득 없이 발바닥만 닳는 것 같다.

앞에 지나가는 놈이 흔적을 남기면 으레 뒤따라 가는 녀석도 같은 곳을 먼저 냄새 맡고 그 자리에 자신의 자취를 남긴다. 어떤 경우는 오줌발이 빗나가 엄한 곳에 오줌이 묻었는데도 별 관심 없는 듯 그냥 습관적으로 뒷발 몇 번 튕기고 쏜살 같이 앞에 가는 놈을 추월하느라 내달린다.

외국의 명승고적지나 해외 문화유산 등을 가보면 한글로 쓰여진 낙서들을 보게 된다. 자신이 이곳에 왔다 감을 기념하기 위해 나름대로 흔적을 남긴 것들이다. 어떤 곳은 바위에 새긴 경우도 있고, 굵고 진한 페인트로 칠한 경우도 있다. 낙서를 한 사람을 우리는 모른다. 아마도 당사자 외에는 알 수가 없을 것이다. 그러나 '내가 이곳에 왔다 갔음'을 오래도록 많은 사람들이 알아주었으면 하거나 본인의 흔적이 오래 머물렀으면 하는 욕심에 그와 같은 행동을 하지 않았을까 싶다.

개들이 나무나 전봇대에 실례를 하는 것은 자신의 영역을 표시하는 것이다. 누구의 소유라고 정해진 것은 없지만 본능적으로 '여긴 내 꺼야'라는 생각에 최대한 많이 자신의 영토를 표시하느라 분주히 옮겨 다니고 집에 다시 들어가야 할 때가 되면 아직 해야 할 일을 많이 남겨 둔 채 떠나기 싫은 세상을 떠나는 사람처럼 깊은 아쉬움을 지닌 채 끌려 들어가다시피 한다.

정말로 열심히 자신의 영역을 만들어 놓았건만 절대로 안심하지 못한다. 하루에도 나무와 전봇대의 주인은 수십 번 바뀐다. 그 다음 날이 되면 개들은 자신의 영역을 침범한 무수한 흔적들을 발견할 것이고 그 위에 다시 자신의 흔적을 더해 나도 이곳의 주인임을 확인시킨다. 어떻게 보면 마치 공동 소유를 하는 것처럼 보인다. 개들은 아마도 그렇게 믿고 있을지 모르겠다. 아니면 분명 본인의 영역이 맞는데 다른 개들이 자꾸 침범을 해와 자신의 영역임을 수시로 확인하고 있다고 서로시로 생각하고 있는지도 모른다. 아무튼 이러한 영역 표시가 개들한테는 무척 중요한 일과임이 틀림없으며 이러한 중요한 일을 거르게 되면 불안과 스트레스가 개들에게 생길 것이다. 본인들의 재산이라고 강력히 믿고 있는데 그러한 재산을 누군가에게 뺏긴다거나 또 더 넓은 영역을 개척해야 하는 원대한 꿈을 실현하지 못한다면 그 자신은 심한 정신적 고통으로 힘들어하지 않을까? 개 팔자 따라 다르겠지만.

동네 나무와 전봇대에 표시되는 개들의 영역은 개들 세계에서 절대적으로 중요한 가치를 지니지만 인간의 입장에서 보면 아무 의미가 없는 것들이다. 자신이 기르는 개가 표시한 영역을 다른 개들이 접근

생각이 머무는 자리

하지 못하도록 막아주는 그런 친절한 주인이 있을는지는 모르지만 인간들은 인간들 나름대로 그 땅에 대한 저마다의 소유권을 인정하고 산다. 거기에 개들의 영역은 전혀 고려 대상이 아니다. 개들의 눈에는 그러한 인간들의 소유 개념이 또한 아무 의미가 없을 것이다. 개들의 세상에 인간이 침범하고 사는 건지 아니면 인간들의 영역에 개들이 침범하고 사는 건지 규정할 수 없지만 아무튼 서로의 눈에는 있지도 않은 것을 있다고 믿고 산다.

초보와 고수의 차이

오래전 외국 여행을 하고 있을 때였다. 늦은 밤 일행 중 몇 명이 모여 고스톱판을 벌였다. 같이 방을 쓰고 있는 분도 그 판에 끼어들게 되어 자연스럽게 옆에서 구경하게 되었다. 게임이 시작되자마자 그들은 광 팔 사람이 없다고 나에게 판에 들어오라 재촉하였다. 민화투는 할 수 있어도 고스톱은 잘 못한다고 하니 괜찮다고 어서 들어오라고 한다. 게다가 게임 밑천이 되는 판돈을 걸어서 줄 테니 그것 가지고 그냥 재미있게 시간을 보내보라고 하였다.

구경하는 것 보다는 같이 어울려주는 게 낫다 싶어 게임에 합류하였다. 내가 들어가자마자 바로 내기가 시작되었다. 다른 사람들은 돈을 따 보겠다고 작정을 하고 치기 시작하였고 나는 받은 판돈을 최대한 잃지 않기 위해 작정을 하고 쳤다.

본격적으로 게임이 시작되자 나는 온통 바닥에 깔린 화투판과 내가 들고 있는 패들을 뚫어지게 살폈다. 그리고 먹을 것이 있다 싶으면 얼른 내 앞에 가져다 놓아야 마음이 편했다. 최소한 피박을 면해야 돈을 잃어도 조금 잃을 수 있기 때문이다.

잔뜩 긴장한 체 착실히 먹을 것을 모아 놓은 나는 잃지도 않고 그렇다고 돈을 따지도 못했다. 세 번째 판이 끝나고 네 번째 판이 시작될 무렵 무척 선방하고 있다는 뿌듯함에 젖어 있던 나에게 한 분이 돈 안 돌려줘도 좋으니 그냥 판에서 빠져달라고 한다. 황당하고 의아해 하는 나에게 그 분이 말하기를 나 때문에 작전을 펼칠 수가 없다는 것이었다. 먹을 거 안 먹을 거 보이는 족족 가져가다 보니 도대체 판을 예상할 수 없다는 것이다. 많이 따서 점수만 높으면 되지 무슨 상관이냐고 하니까 나 때문에 피해자가 생긴다고 하였다.

도통 무슨 말인지 이해가 가지 않았는데 퇴출되고 나서 한참 판이 돌아가는 것을 보니 이 사람들이 그냥 눈앞에 있는 것만 보고 치는 것이 아니라는 사실을 알게 되었다. 보이는 것과 보이지 않는 것, 그리고 전체적인 상황을 나름대로 분석해 가면서 게임에 몰두하고 있었다.

나도 나름대로 게임에 몰두하고 있었다. 그러나 전체적인 상황을 읽어내지는 못했다. 훗날 명상을 하면서 언뜻 오래 전의 화투판이 생각났다. 몰입과 통찰의 의미가 웃음과 함께 이해되었다.

요즘 유행하고 있는 경영 기법에 가장 많이 사용되고 있는 용어가 바로 몰입과 통찰이다. 화투판에 몰입하여 전체적인 판세를 파악해 나가듯이 현재 자신이 하고 있는 일에 몰입만 하는 것이 아니라 전체적인 통찰을 함께 한다면 이것이 진정으로 이 시대에 필요한 경영의 고수라고 생각한다.

그리고 자기 자신을 위한 명상에서도 마찬가지이다. 지금 눈앞의 효과만을 위해 명상한다면 자신을 아는 지혜는 생겨나지 않는다. 아는 만큼 인식의 전환이 생기고 그 변화된 만큼 마음이 가벼워지는데 알지 않고 몰입만 한다면 목적없는 과정만 있는 것이다.

우리 모두 고수의 인생을 살아보자. 고수의 삶은 더 많은 변화와 소득을 가져다 줄 것이다.

투기하는 스님들

이른 아침 정리 할 것 다 정리하고 채울 건 다 채워 놓고 차 한 잔 들고 명상을 시작하면 고요와 집중의 미묘한 기쁨 속에 무심히 세상을 바라보는 눈이 일깨워지는 듯하다. 아무 것도 방해하는 것 없이 조용하고 차분한 주변 분위기가 더 한층 의식의 긴장을 풀어준다.

오전 명상은 이렇게 특별히 방해받는 것 없이 조용한 분위기 속에서 할 수 있는 장점이 있었는데 요즘 들어 이따금 이런 황금 같은 순간을 방해하는 불청객이 생겼다.

언제부턴가 아침나절에 한참 명상에 몰입되어 있을 때면 삐리삐리 전화벨이 울린다. 휴대폰은 진동으로 전환시켜 놓았는데 일반 전화기는 진동 기능이 없어 그냥 벨소리가 나게 할 수밖에 없었다.

아쉽고 안타까운 마음으로 명상에서 깨어나 전화를 받는다.

"여보세요?"

"거기 뭐하는 데죠?"

"명상원인데요."

"아 그래요. 명상 하기 좋은 땅이 있는데 혹시 관심 없으세요?"

"별 관심 없어요. 저는 지금 여기가 좋구요."

"나중에라도 필요할지 모르는데 땅 한 번 안 보실래요?"

"관심 없다니까요."

"진짜로 좋은 땅입니다. 너무나 아까운 땅인데 명상하기 너무 좋아
요."

"좋으면 보살님이 사서 도나 닦으세요."

"보살님이라구요? 무슨 말씀이신가요?"

"제가 스님이라 그냥 보살님이라 부른 겁니다."

"아이고 스님이셨구나. 스님, 이 땅 절 지으면 기가 막힌 땅인데 참
잘되었네."

"아 글쎄 관심 없다니까요. 저는 집도 절도 없고 돈도 없어요. 그
러니까 딴 데 전화해봐요."

"그럼 신도들한테 사달라고 그래봐요."

"여긴 신도들도 없구요, 저 지금 무지 바쁘걸랑요. 끊어요."

억지로 전화는 끊었지만 이미 명상으로 차분해진 마음에는 열이 나

기 시작했고 통화의 내용이 계속 머릿속을 맴돌아 고요히 흘러가는 물길을 막듯 의식의 흐름을 방해했다.

'참 경우 없는 사람이구만' 씁쓸한 기분이 오전 내내 나의 마음을 가라앉게 만들었다. 그런데 이 날 통화한 이후 이 정체 모를 여자 분은 삼 사일 걸러 한 번씩 안부 전화한다며 꼭 아침 명상 시간에 전화를 걸어왔다. 전화기에 발신번호표시 기능이 없어 그냥 받긴 하지만 한 번 전화를 받으면 좀처럼 빨리 끊으려 하지 않았다.

스님 신분이 아니었다면 뭐라고 한 번 쏘아부쳤을 것인데 최대한 정중하게 거절한다고 애쓰다 보니까 쉽게 포기하지를 않았다. 혹시 찾아올까봐 무서워 이름도 없는 엉뚱한 절에 산다고 둘러댔는데 자꾸 절에 대해서 꼬치꼬치 캐 묻는다.

그 전화보살은 세상에 믿을만한 건 땅 밖에 없다고 자신의 소신을 굽히지 않는다. 이 참에 땅에 투자를 해서 편안한 노후를 대비하는 것이 어떻겠냐고 끈질기게 설득한다.

"정말로 저 돈이 없다니까요. 관심도 없구요. 누구 약 올립니까? 그리고 무슨 투자요, 투기지."

"돈만 벌면 되지, 투기니 투자가 무슨 상관인가요. 배운 사람들이나 안 배운 사람들이나 세상 사람들 다 그렇게 돈 벌어요. 차근차근 돈 모아서 언제 부자됩니까? 요즘 같은 세상에……."

갑자기 나 자신도 투자와 투기가 헷갈리기 시작했다. 인터넷으로 자료를 찾아보니 대략 그 차이를 보면 장기간 자금을 대고 영업이익이나 배당금을 받으면 투자고 단기간에 시세차익을 노리면 투기라고 정의한다.

요즘은 부동산뿐만 아니라 주식 또는 펀드도 재테크의 중요한 역할을 하는데 위의 정의대로 한다면 전부 투기가 되는 셈이다. 세상이 온통 투기에 눈멀어 가고 있다는 말이다. 투기를 잘하는 사람들이 여기 저기 불려 다니며 강의를 하고 있고 큰 자랑거리로 여기고 있다.

요행을 바라고 큰 이익을 얻으려는 투기投機는 원래 절에서 사용되던 말이었다. 기機라는 말은 기틀이라는 뜻이 있는데 투기는 스승의 틀과 제자의 틀이 일치되는 상태를 의미했었다. 즉 서로 마음이 통하고 이해하는 내용이 일치하는 상태다.

중국 선사 중에 수초 스님이 있었다. 어떤 스님이 수초 스님에게

"무엇이 부처입니까?"

라고 묻자 수초 스님은 그 때 삼麻을 저울에 달고 있었는데 "삼麻이 세근일세."라고 답한다. 이일로 마삼근麻三斤이라는 화두가 시작된다. 또 다른 스님이 당대의 선지식 지문 스님을 찾아가 왜 수초 스님께서 부처가 마삼근이냐고 말했는지 의미를 물었다.

이때 지문 스님은 "화족족花簇簇 금족족錦簇簇"이라는 말만 한다. 내용인 즉 꽃이 다복하게 잘 피어 있고 비단이 황홀하게 걸려있다는 것을 형용한 말이다. 도무지 무슨 뜻인지 이해가 되지 않아 그 스님은

다시 수초 스님에게 찾아가 그간의 이야기를 하고 무슨 뜻이냐고 잘 가르쳐달라고 부탁한다. 이 때 수초 스님은 대중을 모아놓고 이런 말씀을 하신다.

"언무전사言無展事, 어불투기語不投機, 승언자상承言者喪, 체구자미滯句者迷"

말로는 이 일을 보일 수 없고 또 말로는 투기 할 수 없는 것.

말로 이어가려 하면 잃을 것이고 글귀에 막히는 자는 미혹한 자다.

판단과 분별 다 놓아버리고 그냥 있는 그대로를 전부 다 알고 있으면 이 상태가 바로 투기가 된다. 사람과 사람 사이 뿐만 아니라 사람과 사물과의 관계에서도 마찬가지이며 진정으로 투기가 되어야 세상의 이치가 올바로 알아진다.

욕망과 미혹으로 세상에 투기한다면 무엇이 돈이 될까 밖에 보이지 않을 것이다. 미혹에 싸여 있으면 절대로 첫 번째 투기의 의미를 알 수 없다. 놓아버리고 의식하지 않으면서 온전히 알고 있는 지고한 평온의 상태를 절대 알 수 없다. 헤아릴 수 없는 재산이 있다 해도 오히려 방해가 될 뿐이다. 오전 명상을 방해하는 전화처럼.

누군가 묻는다. "세속적인 투기가 훨씬 더 재미있어요, 스님. 모르시는구나." "그래 몰라요. 돈을 안 벌어봐서. 제발 투기 많이 해서 제가 잘 투기할 수 있도록 해봐요 그럼."

"스님도 투기하시게?" "해야죠 물론. 나 자신과 세상과의 투기"

지금 이 순간의 '나'

강의가 시작 되자마자 앞 쪽에 앉아 하품을 하고 계신 중년의 한 여성분께 물었다.

"지금 살아 계신가요?"

"예?"

"지금 살아 계시냐고요?"

도대체 무얼 물어보는지 상황파악이 안 되는 듯 잠깐 생각을 하시더니 되레 내게 물으신다.

"그럼 지금 그렇게 묻고 있는 스님은 살아 있나요?"

"저요, 살아 있다고 생각해요."

"저도 살아 있다고 생각합니다."

"살아 있다는 것이 분명한데 그렇다면 그 시작은 어디서부터일까요?"

"뭐 자꾸 이상한 질문 하세요. 태어나서 지금까지 죽지 않았으니까 살아있는 거 아니에요?"

"이상한 질문 아닙니다. 평소 안하는 질문이라 그렇지요. 그런데 태어날 때, 보살님은 보살님이 태어나고 싶어서 태어나셨나요?"

"아, 자꾸 이상한 질문하지 말라니까요! 내가 그걸 어떻게 알아요. 그냥 태어났지. 아무튼 잘 몰라요."

"어렵게 생각하지 마시고 그냥 상식적으로 생각해 봐요. 본인의 의지대로 태어났어요? 아니면 그냥 태어났어요?"

"모른다니까요. 부모님이 낳고 싶어서 낳았겠지요!"

"그럼 보살님의 의사와 전혀 상관없었지요?"

"그건 그래요."

"자, 지금 보살님은 이제까지 살아오면서 나이를 먹고 그만큼 늙으셨습니다. 본인이 늙고 싶어 늙으셨나요?"

"아니요."

"언젠가는 떠나셔야 되는데 그때 가고 싶어서 가시나요?"

"아니요."

"지금 생각하고 계신가요?"

"예."

"생각을 하고 계신가요? 아니면 생각이 일어나고 있나요?

“음……. 생각이 일어나고 있는 것 같은데요.”

“본인이 생각을 하고 있는 게 분명 아닌가요?”

“글쎄요. 평소에는 내가 생각을 한다고 알고 있었는데 지금 보니까 지가 그냥 일어나고 있는데요.”

“그렇다면 지금 감정이나 마음 상태는 어떠세요?”

“뭐, 특별하지 않아요. 그저 평온합니다.”

“그 상태를 혹시 보살님이 지금 만들고 계신가요?”

“아니요. 모르겠어요. 그것도 만들어지는 것 아닌가요? 어떤 상황 때문에?”

“그럼 지금 더우세요. 추우세요?”

“밥 먹고 나니까 약간 더운데요?”

“본인이 더워라 하고 마음을 내고 계신가요?”

“아니요. 그냥 더워요. 제가 어떻게 더워라 한다고 더워지나요?”

“방금 전에 식사를 하셨다고 하는데 지금 소화를 시키고 있지요. 그런데 위야 소화를 시켜라 하고 명령을 내리셨어요?”

“아니요, 그냥 저절로 소화되지요!”

“심장이 뛰는 건?”

“그것도 마찬가지지요!”

“그렇다면 본인 맘대로 하고 있는 건 뭐가 있을까요?”

“음… 뭐가 있지?”

생각이 머무는 자리

"집에 가고싶어서 집에 가면 마음대로 되는 거잖아요?"

"그래요. 그런데 지금 생각해 보니까 갑자기 내가 마음대로 할 수 있는 것이 이외로 많지 않네요."

얼마 전 중국에서 올림픽 경기가 있었다. 우리나라 선수들이 기대 이상의 선전을 해주어서 모든 국민이 경기가 열리는 내내 긴장과 기대를 가지고 텔레비전 앞에 모여 앉도록 해주었다. 야구에서 금메달을 따는 순간은 정말로 짜릿하고 감동적인 순간이었다. 하지만 양궁 같은 종목에서는 참으로 속상한 마음이 하루 종일 지속되기도 하였다. 우리나라 선수들이 다 이겨서 금메달을 따면 좋겠다는 생각을 가지고 있었지만 경기 결과는 꼭 우리 마음대로 되지는 않는다. 경기의 결과가 우리의 바람과 일치하면 기쁘고 신나는 일이지만 그렇지 않으면 속상하고 기분이 나빠진다.

그러나 알고 보면 운동경기만 그런 것이 아니다. 나 자신을 비롯하여 우리가 살고 있는 세상에서 벌어지고 있는 일들이 대부분 우리의 의지와 상관없이 어떤 조건이나 상황에 의해 만들어지고 있다. 앞에서 어느 여성분과의 대화에서 처럼 평소 '나' 다, '내 것이다', '내가 하는 것이다' 라고 생각했던 것들이 실상은 조건에 의해 만들어지고 있고 우리는 그것에 반응하고 어떤 의지나 판단을 하고 살 뿐이다. 그리고 내 주변 상황이나 조건 또한 또 다른 조건이나 상황에 의해 결정되고 만들어질 뿐 전적으로 내 의지대로 되어 주지는 않는다.

보면서, 들으면서, 생각하면서, 또 느끼면서 만들어지고 있는 나 자신 또는 주변 여건이 나의 바람과 일치하지 않으면 우리는 괴롭고 화가 난다. 그러나 지금 이 순간 만들어지고 있는 나 자신과 세상이 나의 바람과 일치하면 우리는 기뻐하고 만족해 한다.

현실적으로는 의지와 부합되는 경우보다는 그렇지 않은 경우가 거의 다기 때문에 그래서 삶이란 괴로움이라고 말하는 것이다. 되어지고 있는 현실과 되었으면 하는 바람과의 거리가 기쁨과 괴로움을 결정한다.

그렇다면 괴로운 상태가 만들어지지 않게 하려면 어떻게 해야 할까? 두 가지 길이 있을 것이다. 만들어지고 있는 것들이 다 내 마음대로 되는 것, 아니면 만들어지고 있는 나 자신과 세상을 매 순간 조건에 의해 만들어지고 있음을 잘 알고 그것들에 특별한 반응을 하지 않는 방법이 있다. 첫째 방법은 분명 불가능한 방법이다. 그러나 두 번째 방법은 제대로 보기 시작하는 순간부터 조금씩 그 효과를 체험할 수 있다.

놀이공원에 있는 유령의 집에 들어갔다고 하자. 어렸을 적에는 너무나 무서워 앞으로 성큼 걸어가기가 주저되었을 것이다. 그러나 어른이 되어 다시 간다면 아무런 반응이 없을 것이다. 이것들이 만들어진 상황임을 알기 때문이다. 어떠한 사실을 올바로 이해함을 통해 우리는 근본적으로 우리의 마음을 가볍게 할 수 있다. 더 정확하게 알아갈수록 반드시 그 현상에 반응하는 차원이 달라진다. 지금 만약 방안에 불이 켜져 있다고 해보자. 불이 켜져 있다는 사실이 나의 기분을 상하게 하거나 기쁘게 하지 않는다. 그저 켜져 있을 뿐이고 나에게서 특별한 반응이 일어나지 않는다. 지금 이 순간 '나' 라고 여기고 있는 것을 있는 그대로 정말로 잘 알고 나면 그만큼 좋아하거나 싫어하지 않게 된다. 그래서 결국 마음은 가볍고 평온해지게 된다.

사실적으로 나를 알아갈 때 알아야 될 '나' 는 반드시 지금 이 순간 실재하는 어떤 것이어야 한다. 생각으로 만든 내가 아니라 지금 숨쉬고 듣고 보고 느끼고 생각하는 그 자체이다. 이것을 지금 있는 그대로 느껴보자. 그리고 들리거나 느껴지거나 생각되어지는 것들이 지금 이 순간 어떤 모습으로 만들어지고 있는지 사실적으로 지켜보자. 수많은 조건들에 의해 정신적으로 물질적으로 만들어지고 작용하며, 반응하고 있는 '나' 자신의 진짜 모습을 발견하게 될 것이다.

공부 잘하는 법

공부를 잘하는 사람들은 나름대로 저마다의 공부 방법을 가지고 있다. 어떤 사람들은 자신들의 공부 방법에 대해 책을 쓰기까지 하였다. 전부가 다 똑같은 방법으로 공부를 잘 할 수는 없지만 분명 보다 더 효과적으로 공부할 수 있는 방법들이 있고 그 방법대로 할 수 있다면 효과를 볼 것이다.

예전에 종로의 한 서점에 들렀다가 우연히 서점 복도에서 책을 홍보하고 있는 한 남자를 보게 되었다. 그 분은 자신이 직접 쓴 컴퓨터 그래픽 관련 책을 홍보하고 있었다. 혼자서 컴퓨터로 무언가를 열심히 하고 있기에 지나가다가 잠시 구경하였다. 컴퓨터로 대충 무언가를 그렸는데 그것이 입체적인 어떤 모습으로 변하면서 이리저리 움직였다. 갑자기 흥미가 생겨서 더욱 유심히 구경하게 되었다. 진지

한 모습으로 구경하고 있으니까 그 선생님이 말을 건네셨다.

"스님, 컴퓨터에 관심이 많으신가 봐요?"

"예, 관심은 많지만 별로 아는 것은 없습니다. 그런데 무언지 모르겠지만 참 재미있는 프로그램이네요?"

"예, 제가 만든 프로그램입니다. 제가 좀 설명해 드릴까요?"

"아니요, 바쁘신데 괜찮습니다. 저는 기본적인 것 밖에 모르기 때문에 설명해 주셔도 이해 못합니다."

"아닙니다. 이 정도는 학생들도 다 알 수 있는 건데요. 안 바쁘시다면 제가 설명해 드릴께요."

"그럴까요!"

그때부터 그 선생님은 무척 진지하게 자신이 만든 프로그램이 무엇이며 또 무엇을 할 수 있는지 그리고 어떻게 사용하는 것인지 설명해 나가셨다. 설명을 들으니까 무엇인지 대충 이해는 되는데 혼자 생각에 만약 내가 이 프로그램을 사용할 수 있으려면 아주 오랫동안 컴퓨터 공부를 하는 수밖에 없다는 아쉬움이 들었다. 그래서 설명을 다 듣고 나서 정중히 말씀드렸다.

"제가 할 수만 있다면 저에게 많은 도움을 주는 프로그램인데 지금 가만히 보니까 제가 도저히 사용할 수 없는 프로그램이네요. 이것은 전문가들이나 할 수 있겠는데요?"

"아닙니다. 스님. 전문가들은 이 보다 더 복잡한 프로그램을 사용합니다. 이것은 누구나 쉽게 사용할 수 있도록 제가 만든 것이지요. 알고 나면 절대로 어렵지 않습니다."

"저 진짜로 한글 밖에 몰라요. 다른 프로그램은 잘 사용하지도 않고 또 사용법도 모릅니다. 한글도 잘 하는 게 아니라 가장 기본적인 것만 활용합니다."

"그 정도면 충분합니다. 제가 쉽게 배우는 법 알려 줄 테니 한 번 그렇게 해보세요. 진짜로 쉽게 할 수 있습니다."

"진짜지요? 그럼 어떻게 배울 수 있는지 알려주세요." "먼저 이 책을 구입하세요. 그리고 이 책에 아주 쉽게 나와 있습니다."

"아니 선생님. 이거 거의 1,000 페이지에 달해요. 그리고 무슨 말인지 다 처음 보는 것들인데요. 이거 몰라도 이제까지 잘 살았는데 그냥 안 배우고 그냥 속편하게 사는 게 훨씬 낫겠어요."

"제 말대로 한 번 해보세요. 그러면 여기 있는 거 다 알 수 있습니다."

"어떻게요?"

"먼저 이 책을 그냥 눈으로 구경하면서 페이지를 넘겨보세요. 앞에서 뒤에까지 세 번만 그렇게 하세요. 그런 다음 맨 앞에서부터 컴퓨터를 켜고 하나씩 따라해 보세요. 그리고 나서 모르는 것이 있으면 체크해 놓았다가 저에게 연락하세요. 그러면 됩니다."

"정말 그렇게 하면 되나요?"

"한 번 해보시라니까요."

그 분의 설명에 절대적 믿음은 없었지만 일단 책값이 싸고 너무 오래 그 분의 시간을 뺏은 것 같아 미안한 마음에 그 책을 사들고 왔다. 절에 돌아와 그 책을 보니 갑자기 궁금한 생각이 들었다. 과연 그 분의 공부 방법이 효과가 있을까? 밑져야 본전인데 한 번 해볼까? 생각 끝에 우선 한글 사용법을 다루고 있는 책을 꺼내서 그분의 말대로 앞에서 뒤에까지 그냥 구경하 듯 훑어 나갔다. 세 번 정도 하니까 늦은 밤 시간이 되었다. 효과는 다음날 확인해 보기로 하고 일단 너무 피곤하여 잠자리에 들었다.

다음 날 오전 기도가 끝나고 다시 컴퓨터 앞에 앉아 어제 보았던 책을 앞에서부터 천천히 정독하였다. 그러면서 책의 내용대로 따라서 컴퓨터로 실습해 해 보았다. 저녁 무렵이 되었을 때 다시 책의 마지막 페이지를 닫게 되었다. 그런데 무척이나 큰 뿌듯함이 밀려왔다. 이제까지 몰라서 사용하지 못했던 많은 기능들을 사용할 수 있게 되었고 또 전문가들이나 할 수 있을 것이라 여겼던 것들도 직접 할 수 있게 되어서이다. 무엇보다도 공부를 쉽게 할 수 있는 새로운 방법을 알게 되었다는 것이 제일 기뻤다. 다른 공부를 할 때로 이렇게 해보면 아마 더욱 효과가 있지 않을까 라는 확신이 들었다.

자신감이 들어서 이내 다른 컴퓨터 서적들도 같은 방법으로 도전해 보았다. 예전에는 보아도 모르고 또 하다가 금방 포기하고 말았는데 정말로 이 방법대로 하니까 이해도 잘 되는 것 같고 또 끝까지 공부를 포기하지 않게 되었다. 그리고 그 후에는 아는 만큼 더 컴퓨터 사용이 편리해 졌다.

모든 사람들이 이 방법대로 해서 효과가 있지는 않을 것이다. 누구한테는 효과가 있을 것이고 또 누구한테는 없을 것이다. 그런데 나에게는 생각보다 훨씬 큰 효과가 있어 주변사람들에게도 많이 권해주었다. 하지만 나중에 물어보니 대다수가 말로는 해보겠다고 하고서는 실제로 해보지는 않았다. 바쁘기도 하고 자신들에게는 효과가 없을 것이라나.

가만히 생각해 보니 전에 명상에 대해 공부할 적에도 비슷한 방법이었던 것 같았다. 명상을 하면서 아비담마나 초기불교 수행에 대한 서적을 많이 보게 되었는데 처음에는 무슨 말인지 도통 알 수 없다가 서 너 번 같은 책을 보다보니 책에서 말하는 의미가 어떤 것인지 서서히 파악되기 시작하였다. 그리고 나서 직접 명상을 하면서 이해한 방법대로 해보니까 그냥 앉아서 열심히 용을 써서 할 때 보다는 너무나 수월하게 명상이 진행되었다. 명상을 어느 정도 하고 나서 다시 전문 서적을 보니까 명상시의 체험이 무엇이었는지 그리고 앞으로 어떻게 해야 되는지에 대한 더 넓은 시각을 얻을 수 있었다.

사실 공부를 잘 하는 법이야 따로 있다기 보다는 노력과 의욕이 끊어지지 않는 것이 가장 최선의 방법일 것이다. 그러나 가끔 자신에게 맞는 힌트와 기법을 활용할 수 있다면 좀 더 효과적으로 공부할 수 있을 것이다. 때문에 다른 사람들이 어떻게 공부하고 있는지 또는 무슨 요령을 가지고 있는지 관심 가져 보고 꼭 직접 실행해 보았으면 한다. 안 해보면 알 수 없으니까.

인생 관리의 포트폴리오

명상 수업이 끝나면 명상 시간에 가졌던 여러 느낌이나 생각에 대해 이야기하는 시간을 가진다. 보통 강의 시간에 짧게 묻고 답하지만 자세한 이야기는 수업이 끝나고 더 진행된다. 흔히 명상을 잘 하면 항상 마음이 편안해지고 고요한 상태를 체험할 것이라 생각한다. 그럴 수도 있고 안 그럴 수도 있는데 워낙 많은 변수가 작용하기 때문에 항상 일정한 결과가 있을 것이라 단정지을 수는 없다. 집안에 무슨 일이 생겼거나 인간관계 등에 어떤 문제가 발생했다면 그 당시에는 명상이 좀처럼 편안하게 진행되지는 않을 것이다. 명상 중에 강력하게 벌어지고 있는 여러 상황 등이 수많은 생각들을 만들어 낼 것이다.

어느 젊은 아가씨와 명상 수업 후 상담을 하는데 명상 중에 결혼에
대한 생각이 자신을 심하게 괴롭히고 있다고 한다. 이미 결혼 적령기
는 한참을 지났지만 마음처럼 결혼이 쉽게 되지는 않았고 또 그냥 혼
자 살기에는 너무 외롭고 힘들기 때문에 좋은 인연을 어서 만났으면
하는 바람도 가지고 있었다. 그 당시 가장 큰 고민은 결혼 문제였기
때문에 아마 명상 중에서도 이와 관련 된 많은 생각들에 영향 받고 있
는 것 같았다.

생각을 안 하는 것도 명상의 한 방법이긴 하지만 생각을 하고 있다
면 지금 어떤 생각이 일어나 작용하고 있다는 사실을 자각하고 있는
것도 또한 명상이기 때문에, 생각의 내용에 집착하기 보다는 생각을
하고 있다는 사실을 자주 자각하는 게 더 도움이 될 것이라 조언해 주
었다.

그 아가씨는 나의 말이 물론 이론적으로야 의미가 있지만 막상 실
제 상황에서는 그렇지 않다는 것이었다. 지금 큰 고민이 마음에 강하
게 영향력을 행사하고 있는데 어떻게 편안하게 그것을 바라볼 수 있
느냐는 것이다. 그래서 자신에게 실질적인 도움이 되는 조언을 해달
라고 한다.

"그럼 내가 좋은 인연을 소개시켜 드려야 하나요?"

"그것도 좋은 방법이긴 하지만 결혼에 대해 무슨 도움 되는 말을 해
주시면 좋을 것 같은데요."

"저도 장가를 못 가고 있는데 어떻게 남의 결혼에 대해 이런 저런 이야기를 해줄 수 있겠습니까? 결혼 문제라면 결혼해서 사는 분들에게 물어봐야 되지 않을까요?"

"스님은 결혼 안 하고 혼자 잘 살고 계신데 나름대로 노하우가 있을 것 아닙니까? 제가 알고 싶은 것은 결혼을 꼭 해야 되는지 또는 어떻게 하면 혼자서도 잘 살 수 있는지 스님의 견해를 듣고 싶습니다."

"결혼……. 그건 상대적이고 주관적인 문제인데요. 필요한 사람에게는 꼭 해야 되는 것이고 안 그런 사람들은 안 해도 되는 문제 아닌가요? 너무 성의 없는 대답 같지만요."

"그럼 스님은 왜 결혼 안 하세요?"

"그야 원리적으로 보면 수행에 올인해야 되니까 달리 방법이 없기도 하고 또 부처님과의 약속이기도 하구요. 욕망에서 어떻게든 벗어나고자 이 길을 택했는데 욕망과 함께 간다는 것이 모순적이기도 합니다. 수행할 때 도움을 주는 도반은 꼭 필요하지만 마누라는 글쎄요. 이건 제 개인적인 견해입니다. 상황과 역할에 따라 다르겠지요."

"저는 살면서 별로 큰 뜻이 없는데 그냥 결혼하고 사는 게 더 좋은가요?"

"꼭 어떻게 해야 된다고 단정 짓지는 마세요. 결혼은 할 수도 있고 안 할 수도 있습니다. 결혼 안 한다고 이 세상에서 못 살 이유는 없으니까요. 여러 가지로 준비를 해 보는 게 더 좋을 것 같습니다. 가령 결혼에 대한 의지는 가지고 있으면서 좋은 인연을 만나도록 노력하고 또 한편으로는 혼자서 의미를 가지고 잘 살 수 있는 방법들을 찾아보는 것이지요. 그리고 만약 혼자서 잘 살아가려면 어떠한 길들이 있는지 여러 가지 방법들을 모색해 놓는 것도 바람직하구요. 그래야 상황이 어떻게 변하든 맞추어서 살 게 아닙니까!"

"그것도 일종의 포트폴리오인가요?"

"맞아요. 인생 관리의 포트폴리오라고 할까요. 한 가지 길만 매달리다 보면 뜻대로 되지 않았을 때 충격과 고통이 클 수도 있어요. 여러 가지 가능성을 생각해 보고 조금씩 대책을 마련해 놓는다면 크게 상심하지 않게 되겠지요. 또 혼자 잘 살아보겠다고 나름대로 노력하다 보면 그 또한 매력이 될 수 있어서 모르지요, 진짜 좋은 인연을 만나게 될런가. 저 또한 어차피 독신으로 살기로 맹세하고 살고 있는데요, 혼자서 잘 살 수 있는 여러 가지 방법들을 활용합니다. 공부나 수행, 기도 같은 일차적인 것 외에 좋은 자극을 받을 수 있는 모임이나 문화 활동에도 적극적입니다. 아직 시간이 없어 취미활동 같은 것은 생각지고 못하고 있는데 언젠가 활용할 수도 있을 겁니다. 사람 일은 예측할 수 없어요. 아무튼 어느 하나가 무너지면 다른 것을 통해 마음의 균형 상태를 유지시켜야 합니다."

"주식이나 사업에나 해당되는 줄 알았는데 생각해 보니까 우리의 일상 삶에도 다 적용되네요."

"그래요. 명상 수행에서도 마찬가지입니다. 한 가지 방법 보다는 서 너 가지 이상의 방법에 숙달되어 있어야 합니다. 항상 마음처럼 다 잘되지는 않아요. 상황에 따라서는 지독히도 명상이 안 되는 때가 있는데 다른 방법들을 사용해보거나 아니면 명상 이외의 다른 유익하게 시간을 보낼 수 있는 방법들을 준비하고 있어야 합니다."

"스님들은 항상 수행이 잘 되고 있다고 생각하고 있었는데요!"

"그렇게 되려고 노력하고 산답니다."

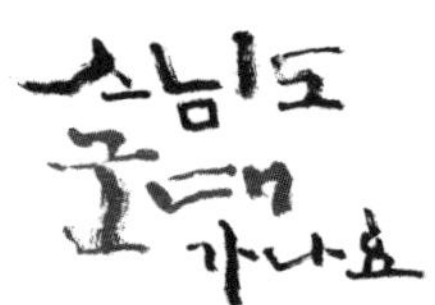

1판 1쇄 발행 | 2008년 11월 20일
1판 2쇄 발행 | 2009년 1월 10일

지 은 이 | 지 장
펴 낸 이 | 오세룡
펴 낸 곳 | 클리어마인드_ (주)지오비스
등록번호 | 제300-2005-54호
주   소 | 서울시 종로구 수송동 58 두산위브파빌리온 736호
전   화 | 02)2198-5151, 팩스 | 02)2198-5153
디 자 인 | 현대북스 051)244-1251

ISBN 978-89-93293-05-0   03810

정가 10,000원